著

四川文艺出版社

图书在版编目（CIP）数据

穿过河流的月光 / 唐蔓琳著 . — 成都：四川文艺出
版社，2011.10（2021.9 重印）
　ISBN 978−7−5411−3266−7

　Ⅰ．①穿… Ⅱ．①唐… Ⅲ．①散文诗−诗集−中
国−当代 Ⅳ．①I227

中国版本图书馆 CIP 数据核字（2011）第 200948 号

ChuanGuo HeLiu De YueGuang
穿过河流的月光
唐蔓琳　著

责任编辑	朱　兰	
责任校对	李淑云	
封面设计	宓　月	
版式设计	史小燕	

出版发行　四川文艺出版社
社　　址　成都市槐树街 2 号
网　　址　www. scwys. com
电　　话　028-86259285（发行部）　　028-86259303（编辑部）
传　　真　028-86259306

读者服务　028-86259293
邮购地址　成都市槐树街 2 号四川文艺出版社邮购部　　610031

排　　版　四川胜翔数码印务设计有限公司
印　　刷　三河市嵩川印刷有限公司
开　　本　145mm×210mm　1/16
印　　张　6.25
字　　数　125 千
版　　次　2011 年 10 月第一版
印　　次　2021 年 9 月第二次印刷
书　　号　ISBN 978-7-5411-3266-7
定　　价　36.00 元

C O N T E N T S

目录

Part 2
悠悠流淌的亲情

穿过河流的月光

Part 3
思绪飘飞的季节

Part 4
丽江天空的云

Part 5
如水的月光

Part 6
名家评论

穿过河流的月光

月色水声皆是情

——序青年女诗人蔓琳散文诗集《穿过河流的月光》

海梦

蔓琳是近半年冒出来的一名散文诗新秀，如雨后春笋，一夜之间，拔节出林。从 2010 年 10 月在《散文诗世界》发表第一组散文诗作品起，至今还不到八个月，她便一口气写出近百篇散文诗，这样超凡的创作力令人惊叹。这些诗歌陆续在国内外一些知名报刊发表，受到广大读者的喜爱，引起了文艺界的关注和好评。特别是散文诗界的前辈，对她创作艺术上创新的肯定和执著追求文学的精神表示赞赏，这给了她很大的信心和鼓励，使她断然拒绝了许多待遇优厚的工作，而走上这条美丽而艰辛的文学之路。

现在，她要出散文诗诗集了，要我为她写序，我怀着兴奋的心情读完她这本处女作，激动不已。月色水声，悠悠情怀，喜怒哀乐久久萦绕于心，令我感慨万千。这样才华横溢的女子，天生文学丽质，为何在人生的旅途绕了这一大圈，才走上文学之路，可见生活总是喜欢埋没人才，对一个执著热爱文学的美丽女子，实是不公。她的散文诗很有特色，如一杯醇酒，会醉倒孤独的灵魂，似寒夜繁星，会照亮旅人的征程。

蔓琳的散文诗文笔朴素优美，语言含蓄精炼，形成一种温柔淡远的艺术风格。意境独特，浅出深入，内涵十分丰富，既有阴柔之美，又具阳刚之气，字里行间闪烁着作者的智慧和奇思。

读她的作品，如春风沁人心脾，感到温暖、甜蜜，使心灵得到美的净化，感情受到一次崇高的洗礼。

读她的作品，就是读她的人品、读她的人生。

她是一个很有理想的女子，聪明、伶俐、多愁善感，自信、自尊、自强。她的善良、单纯、重情、真诚和正直，使她在生活中常常受伤。因此，她的作品总是带着淡淡的忧伤，十分凄美。如《一滴坠入江河的泪》：

为圆满你的汹涌，追随你，是我唯一的选择。

我是一滴潸然落入你心怀的泪珠，融入你奔腾的血脉之前，我曾在相思的双眸中闪闪发亮。而此刻，我别无选择地夺眶而出，垂落在你的潮流中与你所有的情绪一起涌动。

一路流淌，我看到两岸青翠迎面而来，那些被记住和遗忘的风景在我的视野中疾驰。

春天蓬勃的桃林，夏日炙热的艳阳都在身边渐渐消逝，而此刻，秋季的红枫挂满枝头，回忆如同累累坠地的果实在过去的片段里风干。

你的一生在追寻什么？有着怎样精卫填海的壮志？在你狂乱的河道里有多少分岔的出口？这些，我都一无所知，和你一起汹涌向前，是我爱你唯一的誓言。

于是，我的盲目成全了你的追逐，我的懵懂在你深情的拥抱中执迷无悔。

对于我与你今生的缘分，没有什么可以将我从你的血脉中分离，更没有任何峡谷可以拦阻我们今生永不停息的勇气。

这是一篇用拟人化手法写的作品，作者站在人生的高度，塑造了一个在爱情中勇敢、大胆、纯洁、坚定的形象。表达爱就是奉献、就是无私无悔的主题思想。"⋯⋯我的盲目成全你的追求，我的懵懂在你深情的拥抱中执迷无悔⋯⋯"这种思想境界，已经远远超越了爱情的范围，而升华到一种精神品质的高度，虽带着几分轻愁，但却很美丽。又如《落红》："⋯⋯还有什么可以给你，我一无所有。将你放在最神圣的高处，而灵魂，却在游走。 那么，就让我死去，你好好活着，每根挺直的骨节，装满我的情丝，压弯了梦的嫩芽。在你眼里，我不过是一捧被风吹散的落红，以生命的花瓣为你铺一条彩色的路，任你踩着失落的痴情去撷取心上的玫瑰。"这是一篇酸楚得令人落泪的散文诗，一腔为爱而生的痴情，成为诗人笔下永恒的主题。这种刻骨铭心的爱，在作者心目中是圣洁的、伟大的。

一个美丽女子在爱中，为自己所爱的人奉献一切，希望自己所爱的人也能成为自己的唯一，是所有恋人们的共同的心愿。而在《鸳鸯江》中，蔓琳把一篇重庆丰都的游记巧妙地抒情，将自己的爱的誓言用拟人化的方式表达出来："⋯⋯谁说万水终和，我要勇敢地对他说不，我要你今生的生命里不再流淌其他的血脉⋯⋯但现实生活中并非如此，作者抓住这个矛盾继续深化主题："⋯⋯其实，我深知，我们终会在某座山的拐角处分流而去，但我依然执著的思念，与你这一段难以忘却的同行"宁愿分流而去，也不勉强同行，这是一种人生准则，作者所颂扬的痴情与信守，无私和奉献，是一种崇高灵魂的呼唤，美丽品格的展示。如《等待已经很疼》中写到："……温一壶酒，摘几颗星星串成手链，学着月光的静谧，在盛开的菊花旁等你，等你来尝尝温酒的甘洌，看看菊花的消瘦。时间，一粒一粒从沙壶中泄露，花容一毫一毫枯萎，激情已经储存得太久，像窖藏的陈酿，那急迫而疯狂的浆液正焦灼地等你来划一根火星，将我全部的火焰燃尽。"这样一往情深的女子，怎能不引起人们的怜爱？作者抓住心灵中最善良的东西，引起读者的共鸣。这就是蔓琳散文诗的艺术魅力所在。

　　散文诗是一种美的文体、爱的知音、情的和弦、心的共鸣。歌颂真善美，是散文诗的艺术使命。一个作家沿着这条轨道前进，就会找到自己的知音。蔓琳悟到了这点，在她的笔下，恋人仿佛都情深似海，恋得如胶似漆、爱得痴迷疯狂，渴望得到爱的幸福和温暖，偏偏生活中还有很多让人失望、伤心的情节，因此蔓琳的作品便染满了古典诗词中婉约派的情调，有些苍凉。如《倚窗听雨》："……想你的时间很长，岁月很短，在你的怀里，花一瞬间便瘦了，而你的鼾声，正不紧不慢地，踩着我的节律。"又如《心在明月湖流放》中："……明月湖，我水晶般清澈心灵的爱人，醉在你柔美而深沉的爱恋中，今生，我别无他求。"再如《携着爱飞翔》："……那么，我爱，你愿意把你绚烂的生命交给我么？你是否真的愿意与我一起期待春天的来临？"

　　诗人是个理想主义者，在作者的笔下，痴情女子多寂寞的

穿过河流的月光

情绪很浓，源于现实又高于现实，这是蔓琳的散文诗的又一特点。《爱如烟火》《八月的阳光》《爱有来生》《海水》《浪与沙》等，都是她表达对美好爱情的憧憬和希望，从而使读者感到有爱的人生充满了诗意。

细读蔓琳的散文诗，很有她自己的特色，既不虚也不实，留给读者的想象空间较大。耐读，耐想，回味无穷。所以读者一见钟情、遐思万端，不少读者受她的作品影响而爱上散文诗。她的作品艺术含量高，可以用十六个字来概括：在风格上，清新，淡远，温柔，多情；在艺术上，精练，优美，含蓄，空灵。这十六个字织成一张网，撒向生活的大海，打捞人间的真情。如《紫藤》：

"我知道，我开花的季节已经过去，我应在秋天来临之前匆匆离去，而夏雨和鸣蝉的鼓噪却还在继续。

偏偏此时，我依然长得茂盛，绕着这棵看上去平凡粗糙的大树顺势生长。

你是一颗千年古树，树干已经斑驳，枝叶却长得葳蕤。在你历经岁月的沧桑中，秦时的明月以及红尘中纷飞的细雨都被你一一收藏。而你，却将这不老的生机和永恒的灵魂都赠予了我，一次一次，我纤细的思想，在那些风雨飘摇之后，即便零落，也是一地的景致。

我多么舍不得决绝地离开，我多么固执地依恋你温暖的怀抱。于是，我顾不得季节的讥笑，拿定主意将你挺拔的身躯紧紧缠绕，将心上的花朵举上云端，然后，在你的怀抱中慢慢凋谢。"

这章散文诗借物抒情，表达了一个人生易老、岁月难留的思想主题。

"……开花的季节已经过去……

……偏偏此时，我依然长得茂盛，绕着这棵看上去平凡粗糙的大树顺势生长……

……拿定主意将你挺拔的身躯紧紧缠绕，将心上的花朵举上云端，然后，在你的怀抱里慢慢凋谢……"

这种对生命价值的追求，苍凉而又伟大。这样精练、含蓄、内涵丰富的作品，书中俯首即拾，如《茶关》《秦淮河怀古》《声声慢中的李清照》等等，都让人百读不厌。

纵览全书，写情爱、月光、江河的篇章占的篇幅较大。美丽的月光、甜蜜的爱情、壮丽的山河，组成这本书中斑斓的色彩。但最亮色的还是她对爱情的描写。作者所写的爱不是一般卿卿我我的儿女情长，而是一种大爱。爱美、爱真、爱善、爱一切真诚而无私的精神和品质。所写的情，是一种纯情。亲情、友情、痴情、爱情，是一种不掺杂个人私念的人间真情。走进诗人爱情的意境，就给人一种高品位的艺术感受。

爱情是人生最重要的一个部分，没有爱的人生是孤独的人生，没有情的生活是枯燥的生活。美好的爱情，是幸福的源泉。而作者所写的爱情，如同一面魔镜，可以看见自己人生的缩影，可以找回失去的青春岁月，可以抚慰受伤的灵魂。读蔓琳的散文诗，就是读真善美，读人生理想、给人信心和力量。

文学就是人学，就是研究人的学问。而蔓琳的写作动机，就是想把人间一切美好的东西展示出来，让人们去思去想去体味人间的真情，去创造美好的生活。

美丽和真情，可以概括诗人的整个创作思路和艺术追求。愿诗人沿着这条艺术大道继续前进，充分发挥自己的才华，去攀登艺术的高峰，完美人生的价值。

海梦：（中外散文诗学会主席、《散文诗世界》杂志社社长、总编辑、著名诗人）

穿过河流的月光

PART 1

游走岁月的足音

千山万水的跋涉中，

感知岁月的心跳，

我可以听到那些低声的吟唱。

茶　关

茶马古道第一关，在我的眼前变成一个很静的去处。

喧嚣过后，马蹄声远，最近的历史便是这融入繁华的心情。

把一段故事忘记，有时并不容易，更多的记忆如同远古踏响的驼铃，一次一次，将遥远的山峰和近处的溪流汇聚一起。

南来北往的游子，寒江钓雪的浪人，漂泊异乡的学子，请将淋湿的羽翼张开吧，在这被太阳炙烤的长廊上晾晒。

捧一杯茶，几瓣青城绿叶的清香在清明过后的季节浮起。

累了么，请停下匆匆的脚步和漂泊的心，静静地品我为你酿制的香茗，氤氲的茶汤，很单纯，却满含深情。

鸳 鸯 江

长江、乌江在重庆丰都合二为一，奔流而去

——题记

一脉江水，流出两种不同的色彩，一弯澄蓝，一弯浑浊，一弯碧如浩瀚的深海，一弯黄似泥土的厚重。

遥望远山的青翠，看岁月一次次将无言的山峦绿了又黄，黄了又绿。时间沉淀的生命在无数蜿蜒的小径中衍生。

曾经翘首以盼，等待天空滴下的泪水，也等待天边远归的船帆，仿佛前世爱的倾情纠缠于往日梦中闪现的身影。

只为这一次相聚，我们早已抛却红尘，将自己的姓名隐去，只做你阳光下不离不弃的影子。

谁说万水终合，我要勇敢地对他说不，我要你今生的生命里不再流淌其他的血脉。

就将我浅浅的心事深深地植入你博大的心湖吧，我愿意以我今生静默地跟随，成就你千百年的敬仰和赞叹。

有什么可以纪念今日的相守？有什么可以证明我们水乳交

融的曾经？

其实，我深知，我们终会在某座山的拐角处分流而去，但我依然执著的思念，与你这一段难以忘却的同行。

带泪的曼陀罗

曼陀罗开了，带着一如既往的微笑。

我猜想花在微笑，却神秘而忧伤，有许多心事袒露在浅淡的月光下，如寒夜星辰闪着熠熠的光芒。

就这样张着黄色的花瓣，日暮的露水如珍珠，在花与叶的垂落中滚动。

是怎样交错的前世今生，是怎样携手而来的约定，是怎样装饰黄泉路的指引，是怎样花开彼岸的不甘心。

在曼陀罗的花架下，一滴清泪，滴在我紫色的高跟鞋上。

望 乡 台

（一）

我从不曾说，我是如何走过来的。

我在默想，这一路，我沿途看到的所有风景。

其实所谓风景，不过是生与死的过程。我借着这个躯体重生，看到我前世曾经拥有的你。

（二）

我重生于这全新的世界，不再去怀想黑夜的阴冷，不再去想曾经苦痛的日子。

我已经记不得那些过往的烟云，已经记不得曾经爱恋的苦涩。在来时的路上，在奈何桥边，在血河池中，那些记忆，那些珍藏的片段，被生死隔断。

（三）

而我，依然不舍地站在望乡台上，看你夜色下辗转难眠。那门前啼血的杜鹃在你隔世的梦中盛开。

我静静地看你，在离你那么近的距离中，我听到你的呼吸，感受到你轻微的心跳，我看到你眉头紧锁纠缠于前世的思念，在懵懂的世界中静寂无声。

（四）

沉默地望你，仿佛是我今生唯一能做的事情。在你的窗外徘徊，在你头顶的天空盘旋，仿佛是我唯一可以爱你的方式，你知道也好，或者你终会遗忘，对我，从来就不重要。

而我，依然愿意，在流星划过的夜空为你许愿，并对自己慎重承诺："守望你，在这么近却那么远的距离中。"

约会海水

当椰风吹醒我昏昏欲睡的人生，我听到你心的律动。

我曾不能想象你的心胸有这么宽广，你的生命有这么悠长。你那波涛翻滚的海面下，隐藏的心事会这样坦坦荡荡地呈现在我的面前。

我被你的静默指引，你颔首时最婉转的一抹微笑，你那水天相接的缀满星星的蓝色，我的爱慕也与星星一并挂入了你的天幕。这是我的挂在天边的织锦，是我的可以投入的怀抱，即便我浪迹天涯也依然能找回归路，也依然会魂牵梦绕。

我迫切地想投入你的怀抱，我甚至料定你广博的怀抱也一定有对我温暖的期待。

你时而喃喃细语，用轻微的涟漪抚摸岸边的流沙。你时而激情迸发，将爱的浪花抛向高空装饰云霞。躺在你的怀里，躺在深邃博大的蓝色中，我是个无知的孩子。

我是无知的孩子，在你桑田沧海的岁月面前，在你精深无际的色彩面前，在你宽广博大的容纳百川孕育万物而无言不语的面前……

我是无知的孩子，我只记住了你的名字，每次想着它，我都会战栗不止，心在疼痛，那种温柔幸福的疼痛，那种在强烈而炽热的爱恋过后的疼痛。

　　在你的脚边，我捧起一捧潮湿的金沙，将它放在怀中靠近我的心壁，聆听你每一次潮汐，收藏你每一朵浪花。

浪　与　沙

　　我一直在追逐你的脚步，在万千红尘中，只轻轻的看了你一眼，就已经醉了。

　　在夕阳下，你是在水边涤衣的女子，绾着发髻，伸着玉臂，柔柔缓缓地将水面荡起一层层涟漪。

　　入夜，风高浪急，你是狂傲的勇士，披肝裂胆地将时光一次次击穿。

　　你涌来，用一种毫无顾忌的姿态，扑向我懦弱的灵魂，时而淹没，时而袒露，我在阳光下瑟瑟发抖的躯体。

　　我心上的泪珠是你从深海走来的明证，是你遗落于这世界唯一的纪念，我是你心里最柔软的肋骨，是你在风起云涌的惊骇中那一抹不堪回首的痛。

　　于是，我留在陆地上，等你。

　　等你，等你，等你驾着海浪来将我带走。

秦淮河怀古

如果你来，她便是这雨中一株开得正艳的芭蕉，红成你爱的颜色。

夜色霜露，看弱柳在雨水滴落的台阶前独坐，想前尘往事，想斯人暗自憔悴时哀婉的回眸。

那几许轻愁，依着两岸的芦蒿滋长，长风思忖，是谁在低低吟唱？

"商女不知亡国恨，隔江犹唱后庭花"，可曾有谁怜惜？她一往情深的苦悲。

将一颗心摔得粉碎，却把遥遥无期的相逢独守成千百年暗沉的风景。

川岛，我的旷世爱人

神秘的川岛，我来了。

在彼此那么急切的思念以后，你将用什么样的激情揽我入怀？

我从不躲闪你温暖的目光，在万千红尘的喧嚣中急迫地等待，你低声的吟唱翻越千山万水，让我一路为你而来。

当你仰望蓝天，你的呼吸化作绵延的白云，一次次在湛蓝的天空纵情舞蹈，身姿婀娜。

当你俯首凝视，你的胸怀变成深沉的大海，日落月升的一瞬，将所有风景装进晚归的渔船。

烟霞，是少女脸上最浓的一抹胭脂，在你时明时淡的波光中浅浅微笑，我挽着你，沉浸于我们旷世的热恋中。

无数次融进你神秘的海域，并同你在浪击海岸的岩石上，听涛声呼啸；无数次在云蒸霞蔚的昏黄中，与你在金沙滩牵手信步。而你，骄傲地拥着我，向世人炫耀，如一个在海边拾得珍贝的孩子。

你像一个孩子，有着那么多绮丽的梦。

海浪、沙滩、鸥雁、云朵，还有沙提渔港张着风帆的渔船、张宝仔和望夫石深情的传说，你都一一将他们收入你善变的万花筒中，毫无保留的呈给我，你那么愉悦地诉说你的过去、你的沧桑、你的爱，滔滔不绝。

我沉迷于你的溺爱，在相对的距离中与你紧紧相随。有什么可以见证我们此刻的水天一色？有什么力量可以将我从你的湛蓝里拿走？

川岛，我等待千年的爱人，当你从沉睡的深海向我呼喊，我便早已明了：

今生，你是我放不下的柔情，是我心尖顶礼的最后一滴露珠，是我黎明黄昏的惶惶等待，是我焦灼眼睛里流溢出的温润的泪滴。

穿过河流的

月光

考　验

一只海螺，静静地躺在金沙滩细白的沙砾上。

风吹雨打的季节已经过去好久了，她依然躺在那里，被时间遗弃。海螺，像一枚耳朵，在海水的边缘紧贴海岸，聆听那些沉于海底的心事。

飓风来了，一只青鸟迎着落日展翅，在海面上掠波而过。她用生命的羽毛编织勇气，一次次勇敢地穿云破浪，迎着千层海潮，如一枝离弦之箭破空而来，不甘沉沦。

飓风过后，海螺装满了对海草的思念和海水的柔情。

一遍一遍，在轻风中吟唱海的恋歌。

高原格桑花

脚步在静静地等待中，走过那些寒冷而又寂寞的日子，与你相逢，是我今生不能逾越的宿命。

我是开在高原的格桑花，在岁月的凄风苦雨中渐渐孕育，一天天地将高原的夜露与阳光揽入怀抱，一天天随着季节在草丛中开成花朵。

疾风骤雨的日子，我怀念山上的艳阳，面对阳光我嫉妒远山的奢侈，我柔弱的身姿在草原的狂风中摇摇晃晃，望着远处那些被浪费的阳光慢慢变冷。

而我，是多么期待阳光的拥抱，多么期待温暖从头顶倾泻而下。

都说格桑花大片大片地开放，草原的牛羊就会饥饿，绿草就会衰弱，可我真的无法割舍我的花季，那美丽的八瓣花朵，只是想呈给你最完整的花容。

逐水草的牧羊人啊，当你从草原打马而过，我急促的呼吸你是否已经感知？那踏花的马蹄是否有蜜蜂追随香踪而至。

与雪山的距离

走了很长的路，说是已经靠近你的心灵，于是我放轻了脚步，并屏住了呼吸。

清新的寒气扑面而来，我的心浸入天籁，这颗扑满尘垢的凡心，瞬间便被冰雪洗净。

倒下去躺在你怀抱中翻滚，冰清的寒雪裹满了我的全身。

洁白的雪地啊，你不会拒绝我这染尘的身躯，不会怕我的尘垢而污浊了你圣洁的胸怀。

你就这样容纳了我的惊奇，容纳了我的虔诚，也容纳了我的任性。

于是，我深深地贴着你的胸膛，虔诚地聆听你的心跳。

而你静静地，用慈悲的眼睛看着我。

木 格 措

木格措，多么美的名字，蓝蓝的纯净在高原弥漫。

可为什么藏语要叫她野人海啊？她那么恬静和柔美，除了天然的美，哪里有什么野性的痕迹？

雪山扑进她的怀抱，把千年万年的雄崎化为淡淡的柔情，将冰清躺入另一种色彩。静静的水面被朝拜的人群激起涟漪，天空、白云也开始在海子中摇晃，一闪一闪的浪花刹那间便开满了湖面。

美，有时候就是一种错觉，静谧也是。

于是，我们静静地坐着，看着这满湖的花儿在眼前波动，而更远的水面，我们只能闭上眼睛聆听。

若尔盖之梦

爱踟蹰在草原粗狂的风中，心被她的美丽牵动。

我猜想那一方格桑花开放的草原，猜想那一片无限静谧的水域，一定有梅花鹿在溪边饮泉，那些自由的黑颈鹤，衔着白云飞翔。

是什么吸引了我？是那个身着藏袍弯弓射雕的翩翩少年，抑或是楚汉军营里饮马黄河的战将，也许仅仅是因为一个名字，活生生的，就将我的梦深深地钉入你辽阔的草原。

黄河第一弯生出的河曲骏马啊，轻易地就将草原的辽阔融入了灵魂。从此，马蹄踏过时间雕刻历史，马背承载民族的兴衰，信仰冷观长河落日，大漠孤烟。

我真的很难控制对你的向往，我无法不去想象你那辽阔无边。你宽广的胸膛是我最想停靠的地方，并幻想在你怀中醒来的每一个早晨，听百灵鸟轻轻吟唱。

鹰鹫在蓝天上翱翔，寺庙梵音悠扬，散落的帐篷长成蘑菇，在若尔盖迷醉的又岂止是牧歌疯长的草原。

到我怀里，或者让我住进你的心里。

而我此刻随意抓住的一把风啊，都有绵绵的爱恋在弥漫。

景洪随感

  爱跌落在景洪街头高高的椰树旁，穿风栉雨的日子，一行行茂密的相思在独自徘徊的脚步中沉吟。

  回忆如一粒春天的种子，会在多年后的另一个春天来临时，开出花，结出果来。那是什么时候的事情，仿佛还在昨日，而你，却在此刻，与我天各一方。

  已经不能抬头仰望那无比高远的天空了，也不去想曾经的你又和谁在西双版纳湿润的空气中呼吸。

  在阵阵椰风中，我想起曾经一起漫步的日子，想起植物园的重逢，那些携手一生的梦想，还有那些如浮云般聚聚散散的日子。

  借天上的云给你一个消息：我还在这里等你。

码 头

等候，在你走后的这些沧桑里。

那些转身而去的记忆，那些被你放逐的承诺，那些与你有关的情节，都已沉默。

不知道你是否还会回来，不知道你远航的船会不会遇上惊涛骇浪？远山还在，而我伫立的地点仍是你起航的地方。

杳无音信的思念啊，在翘首以盼的站立中渐渐衰老，时间后面，将回忆留下胎记。我百转千回的柔情被你的漂泊带走，生命，黯然失色。

坚守，变成一种决绝，你回来或者一生漂流，我都始终守着这份难解的寂寞，直到最后，幸福变成冰凉的石头。

穿过河流的月光

写意温江绿道

一条路，从都市的喧嚣中分叉，延伸成一个梦、一段故事的开始。

面对这无限生机的河流，这茂密生长的树林，这蜿蜒向前的乡间小径，我很难再坚守矜持，很难再笃定地站在城市的忸怩中惺惺作态。

骑上单车去远足，放逐自我，和爱与自由一起同行。

一路的田园风光淡去，我只看到远天的流云，在若即若离的相遇中漂浮。

随意摘下路边的一朵野花送你，无须探问缘由。山间的清风，林间的飞鸟，谁又知晓他们来去的方向。

就将我的爱别在你的胸襟吧，走这一条通往心灵深处的道路，她是你今生唯一可以一路前行的证明。

诗歌之旅

和你在一起，这是我今生最重要的决定

——题记

在一次孤独的旅行中，以诗为伴，是我唯一活着的方式。

山水无言，在寂寞的行走中思念一个人，那些凌乱的思绪以及被一一整理的诗稿都在静寂的世界穿越。

我记得那个阳光的午后，我们在千百次梦想的小河边相拥前行，河水泱泱，在我们身边缓缓流动却没有声音，如同我们此刻无声的爱恋。

我多么爱你啊，你脸上的云和神秘的表情，都在你不羁的灵魂中飞扬，那么深刻的吸引着我。

从那些美丽的诗句中醒来，那些梦中的喃喃诉说，那些耳边的软语叮咛，那些身旁拂过的清风，以及百灵鸟鸣叫的清晨，都是我前世追寻一路的宿命。

于是，我别无选择，站在梦想之河的身旁，爱和诗歌无尽流淌……

半坡上的雪莲

　　我被山花的美丽迷失了方向，也自信那些通往山顶的大路没有岔道。

　　在寂静的山林中，我珍惜与风擦肩的每一次心动。

　　然而，月光在此刻背过脸去，夜色沉下来，山林陷入一片绝望的黑暗。

　　在山林中迷失，心丢失了所有与景致相关的钥匙，一次彻底的沦陷，有时候仅仅因为月光的退让。

　　沿途回返，并不是那么容易，任何一个转角都有一次陌生的选择。整条回返的道路，我竟没有留下任何记号。

　　丧失了攀援的勇气，我在路边的岩石上整理心跳，就这样守住黑暗，等待阳光普照，是我唯一的希望。

心在明月湖流放

明月湖，一万重碧浪，镶嵌在开江徘徊千年的梦幻中。

关于你的名字，我听得太多，而你的心灵，我却是第一次那么真切的靠近。

我看到你闪着粼粼波光的眼睛，看到你两岸青翠挺立的胸膛，看到你缀在胸口的那些映山红。你头顶的流云，随着时间的推移，一片一片，在我的仰望中开出绝美的霞光来。

明月湖，我前世一路追寻的爱人，在你的胸怀中荡漾，我竟一瞬间迷失了方向。

我在你的记忆中寻觅，听你遥远而美丽的传说，你拥我入你温暖的怀抱中，像爱抚一个初涉人世的孩子。你滔滔不绝地讲诉，你的声音低沉而沙哑，可它多么好听啊！于我而言，那便是穿越时间和空间直抵心底的梵音。

爱，在湖上流浪，心被你热烈的拥抱窒息，而你的思绪便是渡我的双桨，一次次的摇动，将我蒙尘的心灵在你的清澈里荡涤。

我该用怎样的语言赞美你卓越的身姿？该怎样表达你郁郁

穿过河流的月光

葱葱的生命？我该怎样陈诉你无与伦比的灵动？

明月湖，我水晶般清澈心灵的爱人，醉在你柔美而深沉的爱恋中，今生，我别无他求。

开江望月

在一次静寂的爱恋中，情感的轻舟穿越开江千年的历史，停泊在夜的桥头。

——题记

我也不是第一次看你，其实每一次看你都遥远而神秘。

此刻，夜色清朗，我在开江两河的柔美中穿梭，而你，静静的照耀，慈悲而冷峻。

用什么来描述你的面庞？用什么拉近我与你此刻的对望？

你静静地凝视，呼吸之间，我似乎看到你眼中盈盈的波光，你对我是怎样的情感，你对我全部的关注和守望，其实这一切，世人早已明了。

有多少个日夜的交替，就有多少种等待的理由；有多少岁月的游走，就有多少次执迷的借口。我以一种放手的方式拥抱，而你，用广博的胸怀，包容与我有关的所有黑暗。

我们在相对的距离中默然相守，你闪亮也罢，或者被乌云掩盖，对于相爱的我们，让风起，让云涌。

于是，我们在开江的两河第一次牵手，爱你，我没有
退路。

版纳三角梅

　　我是开在版纳的那株三角梅，没有花，却把枝叶开成酴醾的一片，一个人，静静的，在每一个不起眼的街角绽放。

　　我常常张着美丽的面庞，在阳光的照耀下闪闪发光，为你的到来，年年花开茂盛。而你，在如织的人群中来去。我专注的等待对于花团锦簇的版纳而言，实在微不足道。

　　这朝晴暮雨的城市啊，每一枝花都有着灿烂的容颜，每一种植物都带着露水般晶亮的娇嫩。

　　风和雨匆忙地传递着春天的信息，却将一些随意散落的回忆重重地打在我的躯干上，抓紧泥土的根须在暗地里瑟瑟发抖，我的寒冷，我的悲伤你永远无法看到。

泼水节的祝福

水是从哪里来的？是上天恩赐的雨露，还是那摩肩接踵的快乐洒下的眼泪？

我在潮湿的景洪街头奔跑，一路上看到明媚的花枝掠风而过，在阳光中摇曳，在水雾中升腾，诱惑着天空飘过的每一朵云。

于是，云与花开始无休止地纠缠，在景洪开得更艳的朝霞中，云变得更柔软，花红得更妩媚。那一串串甩出的水珠啊，滴在我的身上，我也变得快乐无比。

一个诗人曾说，将幸福分给别人，自己就会幸福一生！

于是，我拖着湿淋淋的脚步，穿过满天的水花，天边的云正一步步退去。

我说亲爱的，我多么爱你，我只想给你幸福！

穿过河流的月光

PART 2

悠悠流淌的亲情

我的记忆,

一切都在流淌,

如血液

在我的身体中奔流不息

天边，有一弯彩虹

　　无数次，在柔柔的夜色下，都会想起那些曾经的岁月，想起那些令人心碎心痛的日子，想起在浅浅的等待中，焦灼而彷徨的人生历程。

　　常常在黑暗的黎明前期盼光亮，在迷途的山路上渴望前行，常常在每一张痛苦迷乱的扉页上书写甜蜜的梦。

　　此刻，我已苍老，我美丽的容颜已不复年轻丰润，我的手指不能再拨弄那一声声清脆的琴音，而我，只能轻轻的，用我有些沙哑的嗓音为岁月的沉淀和唱，而我的歌喉也永不再有年轻时的婉转了。我，不怕苍老，却惧怕生命的苍白，我怕逝去的岁月扯碎我狂放的心，我怕平庸的思想充斥我不羁的灵魂，我怕我颤抖的手捧不住我内心喷涌的热情。

　　于是，我不敢抬头望天，我甚至不能静静的月下独行，我怕阳光，我惧怕一切能证明时光流逝的事物，我护着自己的脆弱的心，并时刻警戒自己我已苍老，我的生命将永远不再有年少的轻狂和苦涩的泪。

　　然后我想，我将就这样生活了，用我曾经的迷茫换此刻的安宁，用我不再勃发的激情面对未来所有的失去和苦痛。

　　然而，我就这么遇到他了……

　　其实，那一天的天空依然是寒冷的，他拉着我的手，手心却拽出湿湿的汗，我仿佛看到他晶莹的心，用无数璀璨的色彩编织成我们的未来，编织成我们将要度过的一生。

　　其实，我并不敢奢望爱情的永远，也不敢奢望生命的长久。但我却看到他的坚持，我看到他用粗糙的手为我拂去心中的灰尘，我看到他的面庞为我开着美丽的花，我看到他用他厚实的臂膀为我挡住尘世的风霜。

　　也许，我们的生命依然是不能尽兴的酣畅，我们的爱情依然是来去自由的淋漓，也许我们的容颜依然是不能甜美的憔悴，但我分明看到我们的天空，有一弯彩虹，隐隐地，照着我们前行的路……

爱如烟火

我喜欢黑夜无声的孤寂，也喜欢那种与孤寂如影随形般淡淡的忧伤。躲进车里，关上车窗，远远地看着那些在烟火中忘情奔跑的人们，那么生动却无声无息，竟生出如同隔世的感觉。

那点燃漆黑夜空的烟火，在寒寂的夜里开出花来，一朵朵黄色的菊，一簇簇馥郁的蓝，一捧捧炙热艳丽的深红，而夜空，尽兴地张着它浅浅的灰，将烟火每一寸的绽放默默守候。

烟火映红一张张快乐的面容，那被生活磨砺得几近麻木的童心在一瞬间被激活，火树银花同他们的快乐在夜色里绽放。

而我心底最深的柔情被一点点牵引而出，在这样焰火开放的春光里，我的生命，我的爱情啊，一滴清泪滚落。

我们的命运何尝不是另一种孤寂的黑夜呢？我们对爱情的期待，又何尝不是另一种烟火绽放的绚烂？我们都必得从黑夜穿越，然后才能够伸出双手拥抱朝霞，才能够在春风中开出花朵。

烟火般的爱情如烟火燃过我们的生命，我们用一生的黑夜，去期待那样瞬间的美丽。当生命回归平淡，世界变得宁静，我们回头打量来路，我们曾经用怎样虔诚的心，去许过自己拥有爱情的心愿。

飞蛾扑火的固执，昙花一现的坚持，都是为了一瞬的美丽，为了一次美丽的开放，我们都心甘情愿地扑向死亡的黑暗。

曾经爱过，为某个忧伤的表情，为一份被疼爱的真心，也曾无数次的伤痕累累……

当生命的长河如夜空般归复宁静，烟火般的爱情依然会蓬勃盛开吗？

酒杯斟满夜色

凌晨两点半，暗沉的夜色，思绪翻飞，一段一段，独立却相连，如树木，一排排站在街道的两侧。

它们站着街道的两侧，应该是不孤独的，而偏偏，风来，拉不到彼此的手，雨狂，触摸不了彼此飞舞的裙裾，它们就那样站着，在各自的土地上。

突然就消失了，就静静的消失在这钢筋水泥的城市中。笑容依然灿烂，亲吻依然咸湿，而怀抱，却突然空空。

雨丝开始飘落，在星星点点的灯光背后，因你不在，世界变得无比安静。就连灯光中的雨丝也显得无比清冷。静静的飘着，湿润，湿润……

在同一个城市，在同一束朗朗的月光下，听风的呼吸，听那一瞬间花朵开放的声音，仿佛是你急促的心跳。

将你的头埋在我的胸前，你散乱的发被我手指梳理，到底有多少可以被记住的曾经，又有多少可以被忘记在时间的角落？

于是，就携这一夜的夏雨，细细密密地飞入黑暗，飞入千万年的轮回里，飞入三生石的期待中。

我穿越尘世的路途，躲过流言的漩涡，躲过世俗的拷问，躲过风霜的侵袭，却躲不过你的利剑穿心。

是自由的，我们都是，可以来也可以走，可以相聚，也可以别离，为你，斟这一杯吧！就仅仅这一杯，你饮了，我就足够。

消逝的青春

在一片开成酴醾的花海中，你的身影突然消失。

我一直在寻你，在我们如影随形的这么多日子以后，你突然就失了踪迹。我记得你曾经澎湃的心，我也记得那些驿动的陈年旧事。

梨花依然纯美，在艳阳高照的枝头昂着她高贵的头，羞红了脸的花蕊浅浅地在风中摇动。大片大片的梨林依旧清雅无比。风过，我甚至能闻到那引人入梦的馨香。

可我偏偏却想起你了，你的短暂，你开花的面庞，我想起我们一起那些曾经的每一个蒙太奇镜头。

借风雨传递我对你的痴迷，借光的速度去追赶你疾驰的脚步，借时间去守候你的再次来临。至少应该让你知道，在你走后这山坡上发生的所有故事。

其实，就仅仅是一阵夜雨，梨花便落了一地，和着泥土等待下一季的花期。

梨花是可以岁岁年年的轮回，我在想，你呢?

声声慢中的李清照

帝卷西风的日子，天边有一弯时明时淡的新月。

夜莺婉转，在曾经烟雨飘摇的楼台亭阁处，花开那时，想谁能将她采摘？梧桐雨下说相思，这黄昏飞落的尘埃，对谁诉说乍暖还寒的凄清？

孤燕南飞，用一生的义无反顾奔向远方，那陌生的地方可有她蓦然回首时的那抹光亮。

流离失所，流离失所……

多少恨骨柔肠，多少前尘旧梦，早将心事付与流水，顺水漂去，茕茕孑立，伤心处梦里故园何方？

拾阶前落叶守候春的足音，拣腥风吹落的黄花堆积满地成冢的相思。

在一瞬间就消瘦的宋词中，当年嗅青梅的女子已苍老了容颜。

致 女 儿

那是一个美好的日子，阳光从树梢的间隙里照过来，照在产院的窗棂上，我是混沌的，意识模糊。可是，我却知道，从那一刻开始，我的生命里将不能没有你。

当你的脸庞泛红，哭喊声震天动地，于是，我知道我的呼吸与你相连，我汩汩奔流的血液与你一起翻腾澎湃，我潮湿的眼睛里为你盈满晶莹的泪。

花儿开了，开在你嫩芽般张开的手指间，那是你的花朵，是你小手将要掌握的整个世界。你手指间滑过的每一朵花，姹紫嫣红的每一缕阳光蜡染的色彩，让它们尽情地盛开吧，感谢它们为你的生命增添芬芳，感谢它们使你的世界绚丽。当它们枯萎，请不要为它们哭泣，它们的无常，是为了让你更懂得，珍惜身边每一个爱着的生命。

我看到你的眼睛，清亮纯净，夜明珠般闪着灼灼的光辉。那是你将要探寻未来的火苗吗？我看到探索求知的欲望在你眸子里滚动，我看到它在玩具的拆装里堆积智慧成长心智，我看到它在书籍的翻阅中审读人生，我看到它在美与丑，真与假的冲突中找到爱的天秤……

可是，可是我多么希望，这火，不要被现实的冷雨浇灭，这光，不要被世俗的灰尘遮蔽——永远的清澈明净。

我看到弯曲的小路，一条条通向大地的每个角落，而你粉嫩的小脚，将印满每一寸锦绣的土地。你要热爱它们，无论它们怎样的贫瘠潦倒，无论你经历怎样的坎坷蹉跎，我都希望，你能用披荆斩棘的勇气去登陆我未能抵达的每一个彼岸。

我的女儿，我用生命去呵护的孩子。我的女儿，我用心灵爱着的女儿啊！我承认我是自私的，我给你所有的祝愿，都像生铁浇铸的碑石一样。

此刻，你正睡着，呼吸均匀，我甚至听到你浅浅的鼾声。你的嘴角弯成月牙儿，你是在做梦吗？你的梦里可有漫天的星星闪耀，甜美的梦境中可有我的希望？可有我曾经的幸福？可有我历经的悲哀？可有我曾经也做过的那些梦？

秋天的样子

　　一直喜欢秋天，一直固执的喜欢那些因黄叶匝地而更显寂静的街道，喜欢秋风里翻飞的落红，更喜欢在秋色里擦拭曾经被寂寞划伤的隐隐作痛的伤痕。

　　此刻，路依然是寂静的，雨星星点点地飘着，而我依然是一袭长裙，婀娜犹在，推着童车里甜甜的女儿在梦中微笑着缓缓前行，我少女的岁月如同她身边移动的景色飘然而去。

　　我不再孤单，一种温暖的痛正轻轻地向我内心深处涌动。她朝我笑着，用呀呀的童音签收我的甜蜜，她的眼睛圆圆的，有黑夜里熠熠闪烁明亮。而我，或者已经苍老，在这样熟悉的街头，迷失了回家的路。

　　我并不急着回家，放任自己的心在秋天的街头漂流。金黄的银杏叶在雨水的浸润下紧贴着地面，仿佛铺了一地黄灿灿的地毯，我和我的女儿就在这地毯上轻轻地飞翔。女儿笑着，用她稚嫩的小手摇着童车里悬挂的玩具。一瞬间，我的眼泪弥漫了幸福的人生。

　　曾经伤痛的日子，生命里挣扎过的痕迹此刻完全消失了，我的心变得如此宁静和温暖，我眼里看到的是秋天缤纷的颜色；是那些纠缠不散的云和夕阳；是那些在秋天里结满果实的树，连那些落叶满地的街道，也充满了柔柔的亮光……

秋天来了，我的心也如秋天的树一样张开枝叶，生命的甘露灌溉着我枯干的理想，在秋雨的浸润下伸展着曼妙的身姿。让树叶落尽吧，让生命的根茎更深地植入泥土，让希望闭上眼睛等待来年的枝繁叶茂。

幸福的另一个版本

女儿写了一首诗，于是她跟所有的小朋友说，她是个诗人。

女儿很快乐，她常常讲很多她自己道听途说的故事，每次都故作认真地说：这是真的哦。

女儿喜欢画画，总是用各种色彩将墙壁涂得满满的，那上面有看上去是怪物的爸爸妈妈和婆婆爷爷，而她的心毫不扭曲。

女儿总说她想很听话，可她从来就我行我素，惹得妈妈非常生气。于是她常常害怕妈妈有一天会不要她了。

她从来不知道，她的生命完整了妈妈的生命，她的快乐填充了妈妈的快乐，而幸福，在她调皮捣蛋的每一天成长，越来越高，越来越大……

宝　贝

　　宝贝，今天是你的生日，所有的祝福都如花朵，在夏季拥挤的繁茂中如约而来。

　　你迷茫的表情望着远方？眼睛里却闪耀着盈盈的光。

　　天与地，云和月，未来的道路以及耳边的童话在此刻都变成上天赠与你的幸福。

　　我相信未来的道路，你依然会在坎坷和曲折中前行，而世界，将在每一次的旋转中变了模样。

　　宝贝，请一定不要在未来的肩上哭泣，将脚下的草地踏遍，听林间的鸟鸣婉转，将所有美丽的花绕于心间，所有快乐的精灵在你身边飞舞，这些祝福将在你的生命中伴随左右。

　　其实，你将获取什么样的生活并不重要。只要你的笑容洒在阳光的每个季节，你的泪水真实而勇敢，那么即便再平凡的生命，也是让我骄傲的一撇和一捺。

穿过河流的

月光

生命的轮回

一切还是昨天，那些在花园中开着的紫罗兰还滴着泪光，这十月的树叶啊，便开始纷纷落落。

夕阳照在更远的山坡上，如酒般浓烈，我看见一个女孩对着落日舞蹈，阳光的影子把女孩漂亮的衣裙照得闪闪发光。

那时，她是多么美丽，母亲脱下的长裙是她最爱的样式。可她却拒绝长大，有许多童话和传说她都还不知道结局。

偏偏，她却回不去了，那些朝霞，早在另一个黎明前跌落。

最终还是，母亲牵着女孩的手回家，一步一步，从近处走到远处，从黎明走到黄昏。

梦中的牵牛花

梦中，她盘旋成一种姿态，在父亲门前的小院。

开着紫色的花朵，一声声吹着母亲喜爱的曲调，就这么唱和着，一唱便到黄昏。

月圆了，牵牛花依然长成最初的模样，少女般的曼妙和羞涩，我多么想在花架下尽情撒娇。

南柯一梦，我夜夜入梦的父母啊！却消失了踪影。

月亮，时光的镜子

一轮浅浅的月晕，映照我梦里的家园，无声无息。

月亮看着我的少女时节，扎着昂扬的小辫，赤着足在花丛中摇曳。

那弯弯的月牙儿，多么想揽我入怀，多么想沉入我千年的梦境。

我一览无遗的月亮，我沉沉的思念，她温柔的光映照着我的爱，我的回忆。可惜，已找不回我失落于花丛的昨天……

母亲又入梦境

　　记忆常常带着月影穿越我的梦境。

　　我看到月光下的书稿一次次滑落，一个优雅舒展的笑容，一声声低低的呼唤，那儿时最美的风景。

　　昨夜，月光再次翻越千山万水……

　　无数次祈求上苍，也无数次徘徊于我生长的那方错落的小院寻觅。

　　最后以一个背影定格，悠扬的歌声，风中的长发和随风舞动的裙裾成为无限放大的镜头……

　　而我醒来，月光潮湿，模糊了我的双目……

响　器①

一个南下军人，几十年后孑然地回到故土，离开人世时，一切绚烂归于平淡，只有响器为他送葬。

——题记

我回来了，已经衰老。

翻过时间的怀抱，飞越每段历史的痕迹，躺在你干裂的土壤里，听风吹过原野，抚摸那儿时曾奔跑的每一寸土地。

谁能在我活着的时候检阅爱情？谁能在我死后祭奠岁月？

生命用一种姿态重复我浑浊不清的记忆。当时的月光，曾照耀我门前纷沓的小径。

我的爱人和我一脉相承的孩子。

我要睡了。

然后，用别人的声音，留我在这世界活着的方式。

---

① 注：响器，一种送葬的音乐。

城里孩子的幸福

在无人的山坡上，听风的声音，听春天在树丫抽枝拔节的喘息，而小草，在雨水击打的湿润中疯长。

一群孩子穿过城市冰冷的面庞，笑盈盈地将童年的快乐一声声地遗落在郊外的露珠间，他们不知，待他们成年后就再也无法捡拾。

远处是钢筋水泥堆积的建筑，这些未来的尘埃隐天蔽日，遮住了乡村的视线，那些虚假的绿化带，不得不让人担忧草木的发育。

孩子们将欢悦做成风筝，拉直线，在宽阔的草地上奔跑。

幸福多么单纯，只需要一块长满花朵的草地，一根线一张纸就可以飞上天空。

风筝啊，你在天上迎风而飞，可看见白云的眼睛里是否也含着慈悲的泪水？

穿过河流的月光

思绪飘飞的季节

PART 3

常常捡拾那些散落在人生季节的思绪，

在回眸一瞬，

充满感动。

坚　守

守着自己的心，就守住了她的世界

——题记

　　寒风凛冽的秋日，温一壶酒，祝福你的生日。

　　你是个有心事的人，在你简单的表情背后，总有一些不被发觉的失落。

　　我不知道失落的缘由，但那些不经意的心事常常裸露在被烈酒洗涤的心房外。

　　说：爱。

　　说这个深情的词句，然后，在花与花的繁茂中找必属于你的那一枝。

　　她是必属于你的那一枝，热烈而执著的花瓣因你的来去而闪烁或熄灭，如暗夜的火种。

　　那滴成海洋的眼泪，凄美无比。

　　而这时的你，就仿佛一棵树，站在梦的边缘，翘首而立。

　　就不要用这样望穿秋水的姿势吧！

你只需要，将心放得低一些，裹紧温柔，就可以与流泪的花瓣私语。

穿过河流的月光

紫　藤

　　我知道，我开花的季节已经过去，我应在秋天来临之前匆匆离去，而夏雨和鸣蝉的鼓噪却还在继续。

　　偏偏此时，我依然开得茂盛，绕着这棵看上去平凡粗糙的大树顺势生长。

　　你是一棵千年古树，树干已经斑驳，枝叶却长得葳蕤。在你历经岁月的沧桑中，秦时的明月以及红尘中纷飞的细雨都被你一一收藏。而你，却将这不老的生机和永恒的灵魂都赠予了我，一次一次，我纤细的思想，在那些风雨飘摇之后，即便零落，也是一地的景致。

　　我多么舍不得决绝地离开，我多么固执地依恋你温暖的怀抱。于是，我顾不得季节的讥笑，拿定主意将你挺拔的身躯紧紧缠绕，将心上的花朵举上云端，然后，在你的怀抱中慢慢凋谢。

冲　击

在酒吧的拐角处，默默的，我在读一种声音。

听吧，理想和现实在撞击，他们含糊其辞；友情和金钱在勾兑，他们纠缠不清；灵魂和肉体在推杯换盏，他们达成了协议。

我跌落于这一片迷乱的丛林，我听到心在思想的背后发出清晰的叹息声：

"唉，这黑色的混乱！"

于是，我用一首诗，删除这个邪恶的词语！

美丽被装进笼子

我从来就是一个人。

一群人的热闹，笑容却在杯盏交错中呼啸而来。

给我一个快乐的理由，给我一次痛苦的借口，在你们的幸福中，我看到跪下去的卑微。

这世界疯了，上天宠坏了无心的女人，而我，伏在思想的背脊上哭泣。

我幸好没有奢望，我的心在黑暗的深渊游荡。

你是谁？你在哪里？已经都不重要了。

下雨了，请将这个狂乱的黑夜洗净。

被禁锢的自由

无自由，毋宁死

——题记

由远至近，我一直想知道叽叽喳喳的那头到底有着怎样的梦。

于是，各色的鸟儿将寂静的树林躁动起来。低飞是一种曼妙的舞姿，翱翔更有一种冲云的姿态，那些不知名的小东西闪着灵动的眼睛，追逐或嬉闹，说着暖心的话。

她们忘我的幸福着，活在无所畏忌的生活中。可我，分明看到，有一张网，正罩着她们整个的世界……

心 刺

鱼也能飞翔吗？在水里还是在天上？

是自由的，选择生或者死都是自愿。如果没有那些欲望，此刻的你我想应该是飞翔的姿势。而此刻，你躺在我的面前，多么无辜和无助。

请你别恨，所有的来去都是宿命的注定，就如同我品味美食的这刻，有另一根刺正哽在我的心头。

063

变　迁

　　拉着手，在小路上。爱，就是岁月中一种虔诚的信念。

　　低着头，仿佛在草丛中找彼此的眼睛，低飞的萤火，提着灯笼为我们照明，也照着那些年少的梦。

　　找一个草堆坐下，听时高时低的几声蝉鸣。望着那条岁月之河，月光下泛着粼粼波光。

　　二十年后的某个清晨，小路早被钢筋水泥隔断，河水站起来变成人造瀑布。

　　情侣们留下相爱的身影，人流如织，只有她静静的，飞溅的水花是她不能擦干的眼泪。

生命的诱惑

我总是无法剥离忧伤，无法剥离被惨淡岁月浸润后的悲苦，那些充满诱惑的梦想，在沉睡的夜幕下被闪烁的星星撩拨开来。

已经忘却了曾经怎样受伤的记忆，已经忘记了那些用时间慰藉的伤口，那如水般汩汩涌流的希望之翼是如何在现实中折断翅膀，我仿佛已经忘却了。

或者生命就是这般简单的命题，过去与现在的多次重复就是命运旋转的出口。

黑夜来临

生命自是一种历程，终须回返，开始或者结束到最后依然是不能改变的宿命。

有时候，我们怀着一种执著，对爱或者伤害总是不管不顾，我们只在乎自己所需要的，却很难看到我们不能得到的。

此刻，外面下着雨，时而潺潺，时而倾盆，如同未知的人生。

总是，会在这样的时候想到往昔，一些人或者记忆会在多风多雨的日子涌上心来，挥之不去。

有多少路是你陪我走过的？有多少苦痛是你给予的？有多少美好的情感，是时间所不能遗忘的？我们可以回答世间种种疑惑，但对这些疑惑我们却很难面对。

夜色还未褪尽，生命终须继续，我们步履如船，缓缓划入时间里。

鸟的宿命

一只鸟在岸边扑腾，羽翼湿润。

搏击蓝天的时候她常常忘了自己的弱小和不堪一击。

此刻，她躺在岸边，海的那头波涛汹涌。过去的，未来的都在一瞬间退到时间背后。

阳光下，有她对蓝天的向往，沙滩上，有她对海水的牵挂。

小鸟的世界很简单，飞翔或者终被折断翅膀……

桂花的心事

她开成等待的模样，雨过，零落了一地的芬芳。

太阳从树的缝隙闯入，只一丝风，就馨香飘散。桂花仿佛睡着了，一句梦话便泄露了许多心事，飘飘洒洒……，落在潮湿的泥土上，落在我的发梢，落在波光粼粼的河水中，纷纷花雨，似乎不需用香篆。

于是，怀着晃晃悠悠的心事，投入蜿蜒的河水，让它带走一缕馨香。

与诗歌对话

　　将一叠散乱的文字，在阳光底下翻晒，岁月的痕迹既模糊又清晰。

　　将爱整理成册，孤独而美丽，每一段故事却有惊心动魄的勇敢。

　　于是，打开心灵，让一个又一个孤苦的灵魂驻守或者放飞，来来去去都是一段时间的记忆。

　　我站在怎样的山峰？在怎样的天空飞翔？这些于我都不重要，我只想站在你的身旁，静静地听你的呼吸绵延不绝。

　　于是，这一只属于心灵的白鸽，在飞越一万重山的阻隔过后，跟随在你的身后，并听你的足音将黑暗的小巷踏亮。

黑与白的辩证

沉沦，是树要扎根的境界，游走则是风本质的坚守。

我们看到的，总是惨烈的付出，挣扎的痛楚，躯体的扭曲，肮脏的东西在白天发出光亮。然而，心可以抵达的，目光如何穿透。

黑夜，总有一些明亮的颜色，对光明而言，也有完全陷入黑暗的一瞬。

我们常常思念纯真，怀念曾经经历的美好，手中的幸福被我们捏得咯咯发抖。

在阳光下呼吸，夜色留下的痕迹被时间一抹而过。

生活是一本难懂的书

　　已经很难提笔，不是无事可写或无字可写，是心底抗拒的杂乱文字，不愿以任何方式的倾诉暴露苍白的岁月，文字亦如一颗颗钉入木板的钉子。

　　日子走得很匆忙，来来往往的，忙碌得忘记呵护心灵，那些虚妄的日子，如夜空没有星星也没有月亮般空洞。

　　信步走来的文字，背叛了真实情感，而沉入心底的诉说突然失语，欲言又止的冲动令满纸迷乱，令虚言嚣张。

　　我们的生活有时候如同一本已经倒旧不新的书，说它翻旧了又似乎还有些情节没有琢磨透彻，说它新吧，又仿佛失却再想读它的冲动。于是将故事丢在枕边，任它扑满尘埃。某个偶然的时候，一阵风翻到一些篇章，插图或许旧了，但文字依然华丽，或许因为这些会突然想起一些往事，想起曾深深爱过的人，走过的路，想起曾经绚烂过的那个斜阳。

　　"走的终须走，伤的终伤透……"

　　一首歌飘来，那被苍凉演绎的情歌，仿佛就如同我们人生某个过去的片段，简单却永难再次吟唱。

萍　聚

穿过河流的月光

今生何幸，蒙君挂牵

——题记

你来，踏着一地月影，沉重的呼吸划过静寂。

捧万千落红，于你一览无遗的胸怀。

门前的玉兰叶垂下眼睑，开出粉色的花朵。若是春风不在，那关外青山是否依然白雪覆盖？

我别无他求，蓦然回首，不过是灯火阑珊处的一抹云。

我是你前世遗落的尘埃，在今生的某个路口遇见。

风起时，仍恍若隔世。

落　红

用一种声音呼唤另一种声音，用一种表情期待另一种表情，用云的眼睛看风，世界空濛，用祭奠时间的心渴望与你相逢，流浪的梦在窗前望穿秋水。

我们站在彼此最远的地方，编织若即若离的相思，冷风在荒野哭泣。扯下天边的彩霞，做我妩媚的嫁裳，精美的花边，流光的图，绣满我心中的梦想。

还有什么可以给你，我一无所有。将你放在最神圣的高处，而灵魂，却在游走。

那么，让我死去，你好好活着，每根挺直的骨节，装满我的情丝，压弯了梦的嫩芽。在你眼里，我不过是一捧被风吹散的落红，以生命的花瓣为你铺一条彩色的路，任你踏着失落的痴情去撷取心上的玫瑰。

沉　迷

雨水顺着她的脸颊，将每一瓣花叶细细吻遍，玲珑的雨滴颤抖地闪着泪光。

她低着头不言不语。

"靠近我"丰润的唇对着天空低低呢喃。

于是风来，轻轻晃动她的腰肢，光洁的身体在夜色中熠熠闪光。

紫薇顶着美丽的花瓣帽子，红的、粉的、紫的，开在雨后的某个清晨。

春天来了

已经出了好几天的太阳了，春天，是又要来了吗？

"我会一直陪着你"，风在树的耳旁低语。于是，树开心地摇晃出声音来。

于是，想到郊外的花，是不是也开始吐露各色的蕊？想到那些苍老的山，是不是又穿上葱茏的新装？我想到一个微笑，也想起拥有阳光般微笑的那个人。

春天来了，生命的阳光又一次义无反顾地普照这世界所有苦痛的生命？

晚风吹过

在深夜无人的街口游荡，我看到树木沉睡的样子，是失却了等待的决心，还是沉醉于那片刻的停留。

一瞬的停留，在黎明与黄昏的交界处，那些快被遗忘的情绪被你撩拨，用一生去等待的不过是风吹过时那一枝花叶的摇动。

我多么爱你此刻的拥抱，在无垠的回忆中，你的眼睛如利剑穿心。

我说，用我早已沙哑的嗓音："请你爱我，请你听我柔柔的呼吸，请用你温暖的手抚摸我每寸为你而苏醒的身体，请用你最温柔的心怀陈列我最好的爱。"

夜色静寂，月光如洗，而你的足音在长长短短的蛙鸣蝉声中渐行渐远。

就守着这段时光，就守着这独属于你的凄清。于是，我看到悠长的等待和阴冷的寒冬一起，在我颤抖的手指间轻轻滑过。

牵　挂

心情如春天的气象，思绪盎然，花儿草儿都醒来了，如春风般温暖起来的还有蓬勃的生命。

被春风挂念是花草的幸福，在苍茫人世间任何一种形式的牵挂都是一种缘分。

她们在某个春天的夜晚相聚，露珠闪闪与风传递关怀，看她们仰起的花蕊，也笑盈盈的。

牵挂，有时候只是一个浅淡的表情。

○77

PART 4

丽江天空的云

于我而言，

无论相聚或者别离，

都会想起那次美丽的邂逅，

而最美的相爱就是不再回头地转身而去。

夜色下，任思绪漂泊

（一）

我常常夜不能眠，从黄昏到黎明的整个时间都是自己和自己交战，一个要睡，一个却难以安眠……

（二）

于是常常在有月儿的夜晚，捧一杯咖啡来温暖自己孤寂的心，然后坐于电脑前，写些浅浅淡淡的文字，或不经意地去翻阅一些过往的照片，将那些被自己记住的人和快被遗忘的人，放电影般的在脑海里闪过。

那一刻，一种说不出的苦和一种锥心刺骨的疼痛侵袭，而痛过以后，便可入睡，尽管梦境依然纷沓杂乱。

这样的日子，就仿佛一种戒不掉的瘾，明知是苦，却不愿去改变……

（三）

在这样物换星移的世界，在这样不愿再随意挥洒感情的年纪，我竟然会无法左右自己思绪的凌乱。

（四）

常常怀念丽江的那次美丽邂逅，想起那个风倦雨疏的夜晚，紫色的大树杜鹃花漫天飞舞，青青的花香浸润我的心田……

而你，就在那里了……

隔着浅驼色纱帘的座位背后，你静静于窗边独坐，忧郁的眼睛如星辰闪烁，你洁白的衬衣在那朵紫色花瓣的映照下，成为我一生最凄美的风景。

（五）

我们曾经执手的渴望，我们曾经婉转的一千遍呢喃，我隔世离空的红颜啊，一次次在月圆的某个夜色里生出思念来。

那杂草般茂盛生长的思念，多么疯狂地想融入你的身体，你的血液，你的眼泪……

我不能回忆梦境中的你，不能去回忆我们初初相爱时的画面，我不能回忆你家门前的那棵大榕树，我更不敢去想，那些清晨从你怀中醒来的第一抹阳光，懒懒地照着我们曾经相爱的每一天……

（六）

此刻，没有风也没有细细的雨，我突然想起你的笑，荡漾在你沧桑的脸上，那么真实的样子，而那些月圆的夜晚却早如

隔世般迷离了。

（七）

生活，依然以它不变的脚步前行……

时间，依然是太阳升起后的万般绚烂……

无所谓拥有，更无所谓失去！

（八）

于是，我常常在寂静的夜色下独坐，燃一支烟，捧一杯咖啡，那种一如人生般苦中作乐的滋味便在灰暗的夜色中放飞出来，不挣扎，也不反叛，让它恣意弥漫我的心灵，并在夜雾的都市中游离……

在那样沉醉的一个瞬间，任由他，没有约束的尽兴漂泊……

云

你分明在天空飘荡，但我仰望，天空却什么也没有。

灰暗的时候，心也下沉，你在天边，我在看你，或者我并不了解，你渴望漂泊的心情。

有一秒的停驻，有一生的期待，而你，或者已经消失，消失的时候，天空并没有风。

丽江的河

顺着咿呀的水车，就开始进入你旖旎的梦。

一片落叶飘下，就跟着你到处游走，女孩儿长裙摇曳嬉戏于你怀里，激情的男孩儿在你身边侃侃而歌，花与花彼此喧闹着，蜂与蝶彼此追逐，狂放和不羁让沉静的你也变得热情洋溢。

你总留恋大树杜鹃那一片红，深深浅浅的色彩。

于是，你依着她茂盛的枝桠长成涓涓细流，不休不眠的围绕，并将心事叠成一弯新月，年年岁岁，岁岁年年……

水晶手链

梦醉在丽江洁白的雪山上，梦里是开满鲜花的院落。时间斑驳了朱红油漆的木制房屋，潺潺的溪水绕着大树杜鹃的树干。

空气是湿的，青石板泛着洁净的亮光，拎着长裙踮着脚尖于这无人的小巷舞蹈，将所有的风雨拥尽怀里。

丽江的水晶和玉一样有着灵性，再高昂的价格，若是无缘也不能拥有，就如同爱情……

于是，我找到一串由心型粉水晶串成的手链。

"去爱吧，水晶的灵性可以让你实现心愿"，卖水晶的老人神秘地说。

从此，我多了一件事，每晚对着水晶许愿……

捡拾记忆

和丽江的秋天多么相似啊，我淡淡的忧伤。

夜晚的风刺骨而清凉，吹着我的记忆翻飞，难以安眠。

樱花屋，如星星缀在无边寂静的丽江夜空上，饮着夜色丽
江的微醺，仅仅一杯，我竟然醉了。

溪水映照着大石桥，布农铃声清脆在耳边，紫色的花朵和
挂满树梢的繁星纠缠着，不休不眠。

而我，被回忆撞倒，重重地跌落于丽江沉沉的夜色里。

已经忘却的一百个情节，已经放下的一千个心愿，还期盼
什么奇迹？还翻山越岭地去找寻什么？

它们竟都还在那里，不曾离开，不曾背叛……

谁替我拾起那挂在枝头的丝巾，就请她再一次为我裹紧孤
单……

于是，被回忆撞疼的胸口啊，再一次看到，天边有一片
云，很淡很淡……

白 纱 窗

在我梦里，它承载着我生命中无数的情感和记忆。

当时稀疏的月影，当时黄桷树蓬勃的枝丫，还有你脸上难以言传的表情，如阳春三月，落英缤纷。

我常常坐于窗前，想曾经的那些脚步，想那些久远的往事，冷风吹落了远天寒星……

每个深夜，白纱窗无声静默，等待你的足音急促地将月光踏碎，望穿秋水。

每个黎明，白纱窗外传来清脆的鸟鸣声，唤醒你的美梦并送你的背影消失于清晨的薄雾中。

我不知道我为什么还不离开，不舍得的，到底是你还是那些散落的月光。

"可是，我真的不愿离开"！我听到我的心发出最执著的呼喊。

那些年少轻狂的相许，那些无悔的情怀，那些因你而生的青涩诗句，一次一次，若浪击海岸，在白纱窗前飘荡。

波岸花开

（一）

下雨了，你，在哪里？如雨的思念牵起我长长的心事。

此刻，嘉州夜雨绵绵，河畔杨柳也应秋意盎然了。你在何方？我的花彼岸开放，听冷雨敲打。

那枝枝叶叶的牵绊，抓不住春的脚步，任花香飘逝在夏的枝头，果子早已成熟，而你，在哪里？

风过，蹁跹……

雨过，梦断……

（二）

你的白衬衣呢？有没有被雨水淋湿？

你还是那样整洁干净吗？在我梦里，你如蒙太奇的镜头，难以捉摸。

你飞鸟般疾驰的每个表情，醉我情怀；我们无数次相聚的瞬间，留下甜蜜的苦痛；心，长满春草。

你专注又恍惚的样子令人难解，眼睛里有我如花的岁月，任阴云遮掩？

不止一次地说过再见了。

不止一次地，笑着和你在街角挥手道别。

不止一次地，藏我的苦痛换你此刻的快乐。

就不要再来看我了，任何形式的关注都不要。

（三）

没有什么不可忘记，也没什么可以值得记起。

那如火般殷红的花开在江的两岸，桥头是你，桥尾是我，桥边的三生石上刻满我们的故事。

上天给我们怎样残忍的惩罚啊！既不能朝暮的相拥，又不能永生的忘记。

千万年的熬煎，生生世世的守候，用每一季生死相错的花开看红尘轮回，用永不相见的决心去了结前世的情缘。

于是，彼岸花开成了如此般酴醾的美丽，一朵朵，一簇簇，这么近却那么远！

祝你生日快乐

今天是 2006 年 3 月 30 日，为你的生日祝福。

——题记

烟，可以弥漫，泪，也可以，情绪，更可以用一种形态恣意弥漫。

我的心，我的爱呢？可以吗？它可以弥漫吗？

日子以一种决绝的速度流逝，我们不能抓住，哪怕只是一点点的回忆。

生命可长可短，当岁月定型，爱和恨仿佛已经变成了一种被时间风干的记忆。

那些梦，那些幻想，那些曾经历尽千辛万苦依然执著的情感，终于失去了等待结果的决心。

此刻，我依然携着那轮朗月前来，为你的生日，也为我曾经的承诺赴约。但爱，已经贴上了封条。

让记忆迷路

从异乡的清晨起来，凌晨的梦还有些依稀仿佛。

那些纠缠的情节，那些梦里还在呢哝的言语，一瞬间涌上心来。

原来爱可以这样决绝，没有时间，没有预示，没有边际的蔓延。

一个人，到底可以走多远，才会不再回来？

一份情感到底可以怎样忘记，才能让记忆迷路？

不能知道结果，更不能知道还要继续的路程，但我知道：一切都已过去……

呼　唤

请飞鸟衔来一只来自北海的花枝，我便听到海边无声的潮汐。

夜，一点点洇开。

那湛蓝的海水正泛着撩人的波涛。

一个人，面朝大海，白衫翩翩。

此刻，我多么贫穷，竟没有一件华丽的裙装可以配你。容颜已经憔悴，连一行诗句也无法书写。

一个诗人，背着一无所有的行囊，用生命的骨血去爱着一个男子。

我仿佛看到一只青鸟，越过云雾缭绕的远山，急迫而幸福。

丰润的羽毛贴紧海面，一口口呕出的泥土，将一寸寸海平面拉升。

只一声呼唤，她便会，披荆斩棘地飞向你。

珍　珠

　　转过这个街角，我将与你握别，没有拥抱，无须语言。

　　天空依然不能放晴，那远山的呼唤仍在心中回荡。红叶飘飞的季节总有什么心事被时间记住，总有些被裁成碎片的情绪，一丝一缕的生长。

　　我该用什么样的表情去诠释不舍？又该用什么样的心去承载记忆？

　　无言，无言，还是无言。

　　将一颗泪埋于心中，数年以后，是否也能长出一颗硕大晶莹的珍珠？

画　面

重逢，浅浅淡淡的表情，仿佛从未相识。沉默的你和记忆中的零散片段，纵横交错，在我的心海泛波。

终于承认，那些被岁月模糊的风景，并不是我们一生都在执着的色彩，没有线条，你又如何描绘我阳光般灿烂的生命？

我再也不能与你同行，那曾经沧桑的印记和你不羁的灵魂。

我沉睡的爱人啊！我拿什么去临摹你的容颜？

某种迷幻的错觉，在物换星移中更深地睡去。

我曾经高贵忧伤的爱人！用时间之笔去渲染，你荒野中张望的心，红尘中杂乱纷沓的脚步，却难以渲染岁月无声的牵绊。

而此时，请你凝视，我一瞬间为你消瘦的面庞。

爱有来生

> 我愿做不能轮回的孤魂，也要等你，只为前世未了的心愿
> 而今生的你，早已忘记
>
> ——题记

爱，翻阅千山万水，在奈何桥边折回，为你的到来，憔悴千年。

而你来时，却已忘记。

当杜鹃花开满山坡，你曾盘石而坐，笛声悠扬，那一捧皎洁的月光是你前世送我的花束。

我们之间，有多少惨淡的回忆，有多少交错的守候，有多少祝福是给你的，有多少未了的心愿被你遗忘。

我等你的到来，在轮回的黄泉路上，在忘川河畔，在曼陀罗开遍的彼岸。我多么不舍离你而去，我多么不舍将往事种种统统忘记。于是我纵身一跃，成为永生的孤魂。

于是，那株老银杏发出轻轻的叹息："我看到你温润的心，我看到你为他斟满氤氲的茶汤，我看到你晶莹的泪珠，我看

到，我真的看到你了，却再也不能看到你曾经一杯一盏的恩情。

其实，爱哪里有什么来生！爱哪里有什么前世执著的等待？

当今生，你依然款款而来，我该如何独守这未了的心愿？

情　迷

早就知道这个结局，风不留，雨也不留。

那路灯下飘落的，细细密密，飞入千年后的这个轮回。

突然想起有你的那天，野马般狂奔的记忆。那无处不在的雨水，滴落于车窗玻璃的声音，那时花开。

沉醉那刻，满天飞花是我入怀的幻象。

借你有力的肩膀一靠，将你的骨头嵌入我起伏的胸口，以打探暗藏的心事。

要什么样的姿态才可以，将时间遗忘。

仅留一个黄昏和黎明，风便无数次来去，有无数颗星星在某方天空跌落……

你说：与爱分手。

我说：学会忘记。

无言，无言，连风都屏住呼吸。

我们握握手，然后，转身而去。

穿过河流的月光

僵　持

请踏月而来，来赴我们前世的约会。

闪烁的星星从丝绒般的青色天幕掉下来，由远及近，摔出一瓣瓣蓝色的火焰，砸在野草般蔓延的情绪上，一瞬间，天空开出两朵花来。

一朵还给夜色，一朵献给你。

怎么就爱上了，似乎彼此并没有什么必然的纠缠。贪恋的话一杯一杯，斟满时间的影子，凡尘的柔情，还有你故作镇定的冷漠。

我没有什么可以给你，除了诗歌。

那横在你双眸中的一排排栅栏，被心事牵出一根出墙的藤蔓。

可你，还是要义无反顾的离开么？

借一缕风，去挽留云。

今夜，岁月静好。

相　聚

雨下着，那些纠缠的情绪开始在雨中纷飞。

你已经睡了吗？梦海中是否会有某个记忆的片段，会有那些曾经彼此思念的，彼此牵挂的日子。

相聚，仿佛涉水而来，在经历那么多沧桑的岁月过后，我们将彼此的心捧给对方，湿淋淋的。

时间是最残忍的小偷，偷走的不仅仅是青春、爱情和曾经的岁月，更偷走我们曾经彼此相许的决心。

可我分明听到你的呼喊，在梦中，你喃喃地叫着我的名字。

深　秋

拼尽全力，开完最后一束花枝，冬便来了。

带着冰的心情呼啸而过的寒风，将秋的影子拉长。

如果，我可以等待，于某个春来的季节，于某个零落的夏日黄昏后。夜色如水，如水的你却将背影留给旷野。

无数次的轮回，无数次地数着墙上的指针，你来或者不来都是谜语，让我猜，却不让我知道答案。

将飘散的落叶聚成海洋，那一潭金色的深渊，涌向我，淹没我。

用心瞭望明月，而明月，外照关山。

失　恋

你为何来？在某个窗口的剪影。

世界毁灭了，在我们相识这么多的日子过后。

你的胳膊曾骄傲地挽着我的手臂，向人们昭示你的幸福。
你的头颅，曾经那么深埋在我胸口的蝴蝶前，听我心的呼唤。

我在夜的静谧中飞翔，寻觅某个栖身的地方，月影摇曳，
惊起芦苇荡的一只白鹭。

我们都哭了，梦经过时间的洗礼变得苍白无色。

三千年的流浪，三千年望穿秋水的守候，我看到，你的笑
容若寒星闪烁，那被阳光遗落的地方，依然冷透心扉。

借你阳光的背影同行，秋的颜色开始在加深，踏着漂泊的
情路一步步走向冬日的黄昏。

八月的阳光

（一）

躲在黑暗照不到的位置，想遥远的心事。

没有一个世界有我的存在，没有一种声音证明你曾经来过。

你曾经来过，在黑夜与白昼交替的那一瞬间，我写了一首诗送你，你仿佛没有表情，也或者有一丝淡淡的笑。

（二）

我不敢爱你，有太多不能靠近的理由。

你捧一束桂花走来，静静地将她送与我。

但我们什么也没说，只在桂花开满枝头的季节，仰起头，将泪水放回心海。

（三）

我们曾在某个路口遇见，有一朵云从寂寞的天空中伸出手来，捕捉你与我当时一瞬的落寞。你站在那里，如一棵树

103

挺立。

你是一棵树，一棵有着年轮，充满沧桑的树。

我很难猜想你的心事，却愿意听你那些美好的曾经。那些你的梦想，你的生活，你难以言传的情感。

我总是远远地望着你，眼神深邃却空洞。

（四）

为什么会遇见，又为什么会没有言语的离开。

一个表情，一句话，一个你伸出双臂的拥抱。每一天，每个夜晚，每段你来或者不来的谜语中，我丢掉了自己。

我多么疯狂的愿意，你在我的生命中来去，将你所有不曾遗落的思想在我的骨血中纵横。

我多么希望，在你离开的一瞬，你能抬头仰望。

此刻，月明如水。

（五）

我的心是间小小的房子，早已家徒四壁，你来过又走了，没有一丝风，也没有一点雨滴，门关上的时候，总有一些不同，有一些痕迹留下。

我那拥挤不堪的房子啊，装满你珍贵的脚印。

心房外，白雪覆盖。

穿过河流的月光

PART 5

如水的月光

一次又一次的重逢，

月光如水。

而如水的你却将背影留给夜色。

玉兰与月光

心在黑夜流浪，想起夜色的美妙，连呼吸都急促。

月光划落，在玉兰绽放的洁白中，如爱人轻轻抚过的手，那是多么美丽洁净的手啊。于是一瞬间，玉兰格外灿烂了。

这是个开花的季节，春天风行于企盼很久的植物中。春风一过，所有的树叶都开始迎合花的绽放，为它们擎着一片痴心，让那些彩色的花瓣，一朵朵，一簇簇地次第盛开。

而玉兰，静静的，轻视那些粗枝大叶的衬托，她把所有的爱和思念都献给了那片美得炫目的月光。

玉兰记得那些它们彼此相拥的夜晚，记得月光无限的柔情，记得那些跌落于黑夜中静寂无声的相思，那些浅淡而清澈的目光，那些星与星的纠缠，那些冰清玉洁的火焰全都融化在了一起，像冰雪守着阳光，相拥着化为涓涓清泉。

玉兰淡淡的芬芳着，将每一个与月光相聚的夜色收藏。在她的记忆中，月光的手轻轻抚过她晶莹的花瓣，而爱，早已穿透夜色。

窗前的阳光

午后艳阳，守在窗台发呆。心出去很久了，此刻还在某个黑暗的角落游荡。

拾一枚被昨夜冷雨敲落的花瓣，有一些伤心的痕迹。为什么哭了？又为了什么将容颜憔悴成如此苍凉。

一对情侣挽着手，衣角飞扬，在风中昭示胜利的情怀。

这个季节适合缠绵，冬天来临前必须储存的温暖。

张开手掌，我看到，一束金色的光穿过手指，在寻找昨夜失落的梦境。

一滴坠入江河的泪

为圆满你的汹涌，追随你，是我唯一的选择。

我是一滴潜然落入你心怀的泪珠，融入你奔腾的血脉之前，我曾在相思的双眸中闪闪发亮。而此刻，我别无选择地夺眶而出，垂落在你的潮流中与你所有的情绪一起涌动。

一路流淌，我看到两岸青翠迎面而来，那些被记住和遗忘的风景在我的视野中疾驰。

春天蓬勃的桃林，夏日炙热的艳阳都在身边渐渐消逝，而此刻，秋季的红枫挂满枝头，回忆如同累累坠地的果实在过去的片段里风干。

你的一生在追寻什么？有着怎样精卫填海的壮志？在你狂乱的河道里有多少分岔的出口？这些，我都一无所知，和你一起汹涌向前，是我爱你唯一的誓言。

于是，我的盲目成全了你的追逐，我的懵懂在你深情的拥抱中执迷无悔。

对于我与你今生的缘分，没有什么可以将我从你的血脉中分离，更没有任何峡谷可以拦阻我们今生永不停息的勇气。

花　朵

　　其实，我是不应该再与你以同样的姿势站立了，我不希望在你心里，和其他花儿一起对你重复一模一样的爱情。

　　听雨，是你今夜想要选择的浪漫，而风吟，也是你同样喜欢的乐曲。在我猝不及防的发问中，你的回答让我黯然神伤。

　　于是，我转过身去，在这个草长莺飞的季节里，眼泪模糊了一个世界。

桃花之恋

被春风唤醒，被艳阳催促，我跌入一片被疼爱的幸福中。

在鲜艳早开的桃红里，我看见你焦急而热烈的寻觅，你是还在找寻我的前世么？

我曾是那一瓣被你忽略的馨香，在你的繁华中黯然飘落。那曾经与你携手的梦想被生死之门隔断。

于是，我的等待被一年一度的春风吹散开去，我的眼泪被欲望的蜂蝶串成一簇簇粉红的花海，在等你到来的承诺中，我站成山坡上最美的那一树花枝，伏在时间的背脊上轮回，岁岁年年。

此刻，我依然兀自美丽着，张着紫色的瞳子站在热闹的人群里。

能不能与你拥抱，能不能被你一生爱恋，已经不重要了。只要你的身影在春天的山坡上跑马而过，对我而言，这已经够了。

一枚飘零的树叶

我已经不再爱你了，在我飘零的一刻，天已经暗了下来。

痴情，是很久的事了。我曾在你的枝丫上缠绕，兴许你早已失忆。

曾经站在一枝树梢上共同眺望的远方，早已模糊不清，彼此承诺的永远，像沉入水底的石块再也浮不起来。面对季节的流逝，我们的叹息显得那么弱不禁风。

我似乎并没有说服自己，无言是我爱你的方式，我承认我依然难以割舍。

不要再偷觑我的内心，对于春天而言，我们都终将握别，然后飘然落入尘土，零落成泥，成全你完整的幸福。

春风桃花

自信地以为，这首关于春天的歌谣，风只会唱给她听——

于是，沐着月光，桃花比去年开得更加妩媚。

此刻，春风徐来，百花次第盛开，馨香和娇艳挤满整个季节。桃花沉默，被阳春灼伤的自尊，花雨纷纷。

春雨淅沥，一次次敲打桃花的粉面，晶莹的泪光，照见夜色清冷，单薄的红唇在枝丫上瑟瑟发抖。

春风，最终成为桃花一次偶然的邂逅。

邂逅梨林

在一片纯白梨花的深处，循着月光找寻那些遗落的时光，也找寻年少青涩的梦。

守着一轮弯月，在曾经携手的山坡上等待，那些粉粉白白的青春，那些葱葱郁郁的记忆，那些被记住和快被忘记的人，如这夜的月光，淡淡的洒落。梨花静静地站着，在曾经相爱的故事里，有一丝微风将月影摇碎，一对年轻的男女，在月影中相拥而坐，梦里花落，春秋几度？

而思念，如夜里随风潜入的梨花，在一簇簇开得蓬勃的暗影中，月光静静穿透我的心。那些被记住的曾经，以及依然还在心里被呵护的人？

将心事收藏了，放在灵魂最高处，尽量不去触碰，尽量不去在今天的梦里做昨天的梦。

梨花开过了，一阵风，便只能等来年的复苏，如爱情扎根！

穿过月光的纯白

不过是一个夜晚的疏忽，那还带着泪的笑颜便又一朵朵盛开了。

拾起一枚花叶，如昨夜遗落的心情，不大不小，刚好就占据了我整个心房。总是觉得你应有一点泪痕，应有一点被世界忘记的痛或忧伤。在那么短暂而喧闹的世界上，你的颜色实在太清淡了，于是我更疼你，轻轻地捧你，在手掌，在心尖，在青春绽放的季节。

你却淡定的微笑，幽幽雅雅的一路走来，即便在这万花争艳的春天里，依然兀自美丽的开着。

总觉得你的人生已入禅境，那么拥挤的花瓣在你单薄的身姿上，你竟能够让她拥有这份安静的美丽。如一阕古词中的女子，银簪斜插、步履轻轻、袅袅婷婷地演绎着温婉和浅淡。

喧嚣的红尘，来来往往的乱世纷杂，开满奇花异草的山坡，一些人来，又一些人离去，一些人为爱痴狂，飞短流长，他们喜或者悲，对你仿佛都不重要。

是什么声音悠扬飘散在红尘？是什么容颜穿过月光的纯

白？是什么执著披荆斩棘的勇敢？

　　你依然故我的歌唱，在春日早醒的原野，用一种柔柔缓缓的姿态诠释与世无争的美……

如水般的夜色

夜色如潭，月光依然坚守承诺，走过的脚步和未曾来临的
幸福都被泉水一一收藏。

生命已经耗尽最后一滴爱，等你到来或者收留背影，都一
样让我忧伤。

爱人，我要用怎样的容颜才可以令你在这泛着泪光的柔情
中停留？我要用怎样的行走才可以抵达你的内心？

无言，如同静静流走而永不回头的流水。

在一次又一次晚霞的褪色中，更深的守望将我拽入无底的
深渊。

与春风立意错过

穿过河流的月光

春风，请不要再去探究，这花到底为谁而开？这肌肤到底为谁而光洁如玉？

——题记

夏荷青青，在烈日和淤泥的双重纠缠中纤尘不染。她的世界是夏天的，干净纯粹而富有诗意。

那缕春风曾得意于自己的诱惑，茂盛的树林，成群的蜂蝶，粉白的花朵，哪个不是因他的来临而铺天盖地。

对于高贵而浅淡的夏荷，春风的走或者停，都不能影响她摇曳的身姿。她讨厌春风的拈花惹草，更讨厌春风在她面前忸怩的万般柔情。

而春风偏偏有些不舍，不能释怀的，或者仅仅只是花朵对夏天的执著。

于是，夏荷成为一个决绝的女子，春风不走，她绝不绽放。

等待已经很疼

午夜在张开的怀抱里游荡，以一朵花的芬芳，将时间分成黑白的四季。

用什么开启幸福？用什么到达前世约定的路口。

温一壶酒，摘几颗星星串成手链，学着月光的静谧，在盛开的菊花旁等你，等你来尝尝温酒的甘冽，看看菊花的消瘦。

时间，一粒一粒从沙壶中泄露，花容一毫一毫枯萎，激情已经储存得太久，像窖藏的陈酿，那急迫而疯狂的浆液正焦灼地等你来划一根火星，将我全部的火焰燃尽。

在你深邃的双眸背后，有一种不能探寻的空洞。

"一切都是幻影"，我听到心落在地上时最后的呻吟。

于是，天突然暗下来，湿湿的，仿佛快要滴出眼泪。

119

倚窗听雨

你的声音飘过，思绪张开梦幻的翅膀，无数的故事和想象扎根泥土。

其实，在我心里，你并没有一个具体的模样，一团散乱的云，它并不妨碍我们相爱。

风拂过窗外的杨柳，也拂过我额前一缕发丝，在你有力的臂弯荡漾，而你的声音，忽近忽远。

听你讲你的人生，你的诗，你过去种种，花与叶的默契，有时，只需要一缕春风。

穿过风的间隙，雨一样下得稀稀落落。你手中那捧皎洁的月光早在黎明时分渐渐滑落。

想你的时间很长，岁月很短，在你怀里，花一瞬间便消瘦了，而你的鼾声，正不紧不慢地，踩着我梦的节律。

倚窗看雨

我喜欢听你说话，看你脸上的云或远或近，我喜欢你那样淡淡的微笑，在某个转角处令人心生柔情。

我们坐在被城市喧嚣遗忘的角落里，看远处高楼林立，看你如丝般细细地在柳枝间穿梭，一树蓬勃的黄桷兰在风中摇曳。

我们并肩而坐，没有依偎，心灵却彼此拽得很紧，静静地把自己交给对方，听凭心的汛期潮起潮落。

你说，这细细的雨丝是我们的思念，绵绵无尽……

于是，我心上的雨下得更大些了，黄桷树的树影变得模糊，我张着深情的双眸看你，你的表情郑重而严肃。

2011 年的初雪

时间在寒冷的夜色里疾驰，一种呼吸将凝固的神经雾化，手中握着的不是温暖，是一种可以温暖的温度。

你什么时候来，什么时候就开始预备一次阳光的普照。猜想春天的花瓣踏着你的足音走近，猜想柔肠百转的相思在季风的守候处停驻。

其实我并不是非你不可，尽管我能够感知你冰冷外衣下温润如玉的心，可总有一些寒气袭来，在我单薄的思想背后，我拥有的也仅仅是一颗看似坚强却脆弱易感的心。

你是寒冷的，在最冷的时候更是寒彻心扉，想温暖你，给你最暖的怀抱，而拥在怀中却依然不能将你捂热，宁肯化作水涓涓流淌，你也不愿失却本真的坚持。

你，散乱地洒落，在繁杂的街道和游离的人群中闪躲，有时朝他们迎面扑去，有时柔柔缓缓，你飘飞的速度跟温度有关，跟温暖无关，越浓稠的寒冷，你越是一种漫不经心的身姿。

其实，对我来说我已经无所谓了，你来也好，你走也罢，我都可以慈悲地看你，只是你留在路边的痕迹，我担心，你会冻坏了那些无辜的花草。

携着爱飞翔

其实我爱上的，不过只是这一季纷杂的幻象。

于是，我用一种你不曾熟悉的方式贴近，轻轻地在你的心湖掠水而过，急迫而专注的姿势，只为打探你那些迟迟不愿袒露的心事。

杨柳抽枝，柔柔缓缓的，仿佛我蔓延的情绪，在春风舞过的面庞羞涩地低下头去，开出花来，并俏生生的将一池春水喊绿。

我并不在意你澎湃的心似狂潮，不在意你埋藏于潭底来去无踪的旧梦，我不在意你平静外表下涌动的暗流，更不在意那些被轻风吹皱的黎明黄昏。

那么，我爱，你愿意把你绚烂的生命交给我么？你是否真的愿意与我一起期待春天的来临？

把你寒冬般沉寂的灰暗都随艳阳融化吧！把你所有对蓝天的向往，对世界的聆听都托付与我张开的一双翅膀！

我将飞翔，带着你一生的梦想越过高山，冲破云层，并在即将醺暖的春风里尽情舞蹈。

穿过河流的月光

生 机

　　不过是一次偶然地踏入，这无声静默的世界，一条神秘的通道，穿梭于你的心和我的脉搏跳动之间。

　　在雾霭沉沉的冬日，你的呼吸弥漫。那些在你身边开出花来的枯枝，历经血与雾，冰与火的考验，竟都还未曾老去。

　　我坚信你茁壮的生命，我感知那些深植于泥土中潮湿的心事。请给我一阵春风，请给我一场艳阳高擎的花事，我将在你深沉的土地蓬勃抽枝，而你永恒的灵魂将在这苍茫的天地间纵横。

如歌的记忆

　　回忆，如同在黑夜转身的背影，一瞬间消失，只留下这早已经年的歌谣。

　　那个静止的午后，花与叶的纠缠在前夜冷风凄雨的敲打中失了颜色。而记忆，穿过时间仓皇的手将迤逦的世界描成琴键般黑白两种色彩。

　　你是谁？你在哪里？仿佛已不重要了。

　　从此，我们的世界，我们的青春，我们曾经携手的季节被岁月牵扯，当我想起，早已只是一些杂乱无章的音节。

　　多少昏黄中斜沉的夕照，多少黎明时飘飞的雨丝，多少你来或者你走的目光，都揉进我沧海桑田的生命，与岁月一起击节而歌。

　　于是，记忆穿越半个世纪的思念，将那些已经遗忘的情节串联起来，如天籁之声，在我的世界中纵横。

与明月相望

我看见你了，在这散发着幽幽花香的初夏夜晚，你身边有一圈淡淡的月晕，在我望你的那个片刻，我甚至看见，你轻轻地眨了一下眼睛。

我常常抬头望你，在无论怎样寒寂的日子，只要有你的影子，心中就充盈一种温柔的情绪，而你的圣洁，你的浅淡，你柔柔缓缓的身姿，总能在某个恰当的时刻填满我荒芜的心房。

远处，无数星星散落于你的周围，一枝开在凡间的花树挡在我遥望你的目光前，一瞬间，这静谧的夜色突然就显得拥挤起来。

其实，我是不该埋怨你的，因为你而敞亮的夜色，有了她们的点缀，更增添一份妩媚。

其实，我也无须转身离去，这世界的美丽，毕竟值得我全心的珍惜。

偏偏，我就是那喜欢寂寞的女子，更喜欢清冷的月光下形影相背的落寞，更喜欢与你在彼此唯一的相望中脉脉倾情。

于是，我拾起被星光砸碎的夜色回家，一个人，静静地……

恋恋荷风

千年前，我是你擦肩而过而又默默回望的那只清荷，亭亭的身姿，只为你那一眼源自心底的爱慕而来。

你缓缓地走过，却将相思的莲米从我尘封的记忆里拖拽出来，交给了迎面而来的微风。

摇曳的梦以及前世等待的心情都沉入水中，结茧化藕，并蒂的心愿深埋在暗流之下，一直固守着那颗为你保存的洁净的心。涌动的心事，一瞬间破水而出。

心事缄口不语，从不追问你过往的足迹，也不追问，你不肯停留的心。而那只停歇在小荷尖尖角上的蜻蜓，竟然成为了我翻阅往事时心情边沿的一枚书签。

是什么样的你将隔世的清泪摇动？哗哗啦啦如夏日倾盆大雨，而我在田田的荷叶之上，翘首等待你今生的相许。

银杏从夏天到秋季都迎着山风

都江堰市月亮湾大酒店在 2008 年"5·12"汶川大地震中垮塌了，那曾经是一处依山而建，掩映于森林中的生态建筑。我不知它已经在地震中垮塌了，2011 年夏天我依然怀着憧憬而去，结果看到的却是一片狼藉的废墟。

——题记

这是一条银杏荫蔽的小径，在通往山顶的斜坡上蜿蜒。

想着心中要去的地方，山风阵阵，颈上的黄丝巾绕着我的发丝蹁跹。

沿山而上，月亮是否还在那阕宋词里淌着柔柔的波光？

在我的宿命中，前行或者停留同样都是令人心动的冒险。

雨斜斜地飘下来，月亮消失在城市的烟尘里，似乎在预示一次梦魇的开始，也暗示我们爬坡的艰辛和终难实现心愿的谶言。

现实，有时被滔滔的欲望包围，关于月光，以及与月光有关的所有景色都退到狰狞的面孔背后，如同冬日枯萎的花树，藏匿了所有柔情，谁能料到它春天竟生出满树的花蕾。

通往山顶的路，一个人也可以，待到秋日的暖阳照耀，铺满银杏叶的山径在金风里一样会蝴蝶飞舞，而跌落枝头的树叶则乘风而下，和着我的气息轻轻柔柔地舞蹈。

希 望

整整一个冬季，心寒如霜，就算是满屋温暖的空气，眼睛也湿湿的，如一只浸在水中不曾抬头的鱼。

一个人，一段路，一次长长的旅程，仿佛没有开始更不知道在何处结束。

从来不去过问林边的飞鸟，从哪里飞来，也不去追寻天边的流星往何处划去，只默默地守着一个心愿，守着一段在文字中寻得淡雅的人生。

谁说简单的生命注定平淡？谁说纷繁的经历注定复杂？我在简单中寻得绚烂，在复杂中留得单纯，于是，一沙一天堂的世界中我看到我全部的梦想，那么绮丽那么缤纷的闪着光亮！

银　杏

秋天的时候，每个生命都失却了灿烂的感觉，色彩明艳，心却冷冷的。

你在秋天的季风中摇曳，拉长风的影子，单薄的身体裹成厚厚的金黄，太阳的温暖洋溢在你雾珠滚动的枝桠间。

街道的两旁，人们行色匆匆，低着头将浪漫的季节关在心房外，零落一地的心情还在留恋夏的怀抱。

而你，依然将两颗心紧紧地合在一起，即便飘落，也是一种决绝的姿态。在瑟瑟的秋风中，你的心在凛冽的夕阳下舞蹈。

阳光，曾温柔地从你茂盛的秀发间穿过，春天的清新，夏天的激情在你挺直的躯干上留下吻痕。而此刻，你怀抱馥郁的金黄，人生的智慧在你的面庞荡漾开去。

于是，你铺陈一条金光闪闪的道路，任人们在你垂暮的生命中走过，并引领她们走向春意盎然的田野。

穿过河流的月光

PART 6

名家评论

语言的金石，
激起月光的涟漪，
名师之手，
抚过耕耘的田野。

"带泪的曼陀罗"

——读《穿过河流的月光》

古远清

　　将散文诗集命名为《穿过河流的月光》，这里深藏着作者蔓琳对生命的深切体验，对河流山川寄托的情怀。笔者虽然与她素不相识，但读了这部作品集后，也好似进入了这位女诗人——"带泪的曼陀罗"神秘而忧伤的心灵世界。

　　洞察一个人的内心世界是不容易的，尤其是从未打过交道的作者。因为散文诗人往往把本职工作当做谋生的手段，深夜笔耕才是她心灵寄托所在。其实，要了解作家，不一定要读他的日记和书信，读其作品就可以了解到大概。以《穿过河流的月光》为例，它共分五辑：游走岁月的足音、悠悠流淌的亲情、思绪飘飞的季节、丽江天空的云、如水的月光。从书中不断写到的雪莲、彩虹、秋天、梨林、黑夜，还有牵牛花、明月湖、曼陀罗等关键词中，可看出作者的思绪是如何飘飞，亲情与记忆是如何成了作者的精神支柱和艺术来源的一个重要方面。作者也许更多受现代作家的影响，对中国古代作家她只提到李清照，但这位词人已有充分的代表性。正是李氏的"恨骨柔肠"、"前尘旧梦"伸向时代和蔓琳的个人精神深处，才宣示着这位当代女诗人曾有过的生活痛感与尊严。"义无反顾奔向远方",这是来自"早将心事付与流水"带伤痕的人生体验所引发出的不可阻挡的坚强意志,使《声声慢中的李清照》既有夜莺的婉转又能给读者温暖的期待。这种抒情品格,无疑来自唐诗宋词谱系的传承,也有完全属于现代人思想体验的律动。

近年来,蔓琳的作品持续表达着"约会海水"的爱与"幸福的另一版本"的期待。无论是如歌的记忆还是与春风立意错过,散文诗写作均构成了她不醒的梦。对蔓琳而言,"沉默地望你,仿佛是我今生唯一能做的事情。在你的窗外徘徊,在你的头顶天空盘旋,仿佛是我唯一可以爱你的方式。"在这里,梦想永远不是过去式而是现在进行时。正是这些诗篇,隐藏的心事才会这样坦坦荡荡地呈现在读者的面前,从而构成蔓琳野性的痕迹和"守住黑暗,等待阳光普照"的心灵简史。

发生学认为,艺术来源于一种原始的冲动。正是在这种意义上,艺术才被看做是感兴学。讲究抒情的散文诗更是离不开感兴,离不开原始的感觉。也许有人会认为,芸芸众生也有感兴,但这不是艺术;只有当感性作艺术化的处理,感兴才能变成诗。以书中的《诗歌之旅》为例,作者最初写这篇散文诗来源于"旅行"这个观念,但这只是创作的第一步。第二步是作者在作孤独旅行之前已从更多的经验中学到和感受到"旅行"概念内涵之丰富。"美丽的诗句",只是无言山水的激发之物以及追寻一路宿命的载体。只有到了作品的末尾:"于是,我别无选择,站在梦想之河的身旁,爱和诗歌无尽流淌……",这才是更深广的对感兴世界的把握和归纳,是"和你在一起,这是我今生最重要的决定”的具象化和形象化，因而才能感染读者。

我没有读过蔓琳有关诗学观的论文，她也许不特别张扬女性主义，但其诗歌却表现了一种与男性不同的意识。这不同意识倒不是体现在挞伐父权主义上，而是表现在作为一位女人、一位母亲对下一代的关爱上。像《致女儿》《宝贝》《母亲又入梦境》《城里孩子的幸福》，均洋溢出温馨、敏感、顺化、纯洁、心细、亲切、慈善、文静、温柔、文雅等女性特质，而与粗犷、刚强、冒险、竞争、干练的男性意识大异其趣。《川岛，我的旷世爱人》所体现的也是女人的情感和特征。这些特质与作者事业的发展关系不深，而与友人、亲人、爱人感情的发展关系紧密。当然，蔓琳并不是只会写“喃喃细语，用轻微的涟漪抚摸岸边的流沙”这类内柔外秀、婉曲清丽的句子，她也会写“激情迸发，将爱的浪花抛向高空装饰云霞”这样内烈外刚、劲健雄放的词句。或者说她有时是将这两者结合起来，如《浪与沙》：

在夕阳下，你是在水边涤衣的女子，绾着发髻，

伸着玉臂，柔柔缓缓地将水面荡起一层层涟漪。

入夜，风高浪急，你是狂傲的勇士，披肝裂胆地

将时光一次次击穿。

在这里，伸着玉臂的女子与披肝裂胆地将时光击穿的狂傲勇士，正好形成强烈的反差。即是说，作者在平和舒缓中辅之以语气的凌厉和急迫，正好达到了婉约与豪放的统一。

散文诗是散文与诗的结合，但这种结合并不是半斤对八两，它本质上仍然是诗，而非散文。或者说它是披着散文外衣的诗。作为诗的一个重要标志，是注重意境的创造。在散文诗中，透过意境这种艺术手段，可以达到主体与客体的融合，自然和人的结合，意和境的统一。但不能由此认为，散文诗只注重创造意境而不注重意象的经营。有些意境十分优美的作品常常含有意象的因素。在它们那里，意象是构成意境的一个不可少部分，如《考验》：

> 一只海螺，静静地躺在金沙滩细白的沙砾上。
>
> 风吹雨打的季节已经过去好久了，她依然躺在那里，被时间遗弃。海螺，像一枚耳朵，在海水的边缘紧贴海岸，聆听那些沉于海底的心事。
>
> 飓风来了，一只青鸟迎着落日展翅，在海面上掠波而过。她用生命的羽毛编织勇气，一次次勇敢地穿云破浪，迎着千层海潮，如一枝离弦之箭破空而来，不甘沉沦。
>
> 飓风过后，海螺装满了对海的思念和海水的柔情。
>
> 一遍一遍，在轻风中吟唱海的恋歌。

作者从内心情绪感受的角度去表现充满柔情和思念的人生体验，注意境界的创造，无论是情与境还是意与物，均完满地融合在一起。其中沙滩、海岸、飓风、青鸟、海潮、轻风为此

穿过河流的月光

诗的基本意象。这些意象和作品的主题没有直接关系，却透过读者由此及彼的联想，强化了作品轻快和"不甘沉沦"的进取基调，表现出积极且虔诚认真的人生观。

无疑，蔓琳已初步找到了自己的艺术位置。她这朵"带泪的曼陀罗"，在温江绿道和丽江河畔刷出了一块属于自己的艺术画面。希望作者今后在聆听每次潮汐，收藏每朵浪花时吟唱出更动人的海的恋歌。

古 远 清

汉族。

广东梅县人。1964年毕业于武汉大学中文系。历任中南财经政法大学教师、讲师、副教授、教授，台港澳暨海外华文学研究所所长。武汉市文联第六、七、八届委员，湖北省作家协会理事、中国新文学学会副会长、国际炎黄文化研究会副主席，曾获湖北省第二届文艺明星奖。1957年开始发表作品。1990年加入中国作家协会。著有《中国大陆当代文学理论批评史》《台湾当代文学理论批评史》《香港当代文学批评史》《台港澳文坛风景线》《诗歌修辞学》《诗歌分类学》《海峡两岸诗论新潮》《诗词的魅力》《与青少年谈诗》《恨君不似江楼月》《看你名字的繁卉——蓉子诗赏析》《隔海说书》《诗的写作与欣赏》《海峡两岸朦胧诗品赏》《台港朦胧诗赏析》《台港现代诗赏析》《中国当代诗论五十家》《文艺新学科手册》《中国当代名诗一百首赏析》《〈呐喊〉〈彷徨〉探微》《诗词的魅力——留得枯荷听雨声》等。

月光下的寻觅

——读蔓琳的散文诗集《穿过河流的月光》

李标晶

前不久，接到蔓琳的散文诗集《穿过河流的月光》，马上拜读，尚未读完，便有"久旱逢甘霖，他乡遇故知"之兴奋。她的散文诗起点较高，一出手就表现出自己的特色。

诗，绝对是心声，是人性、人格的自然流露。艾青认为，只有流露着性格的诗才让人感到亲切，才能渗进人的心灵。蔓琳生长在风景秀丽的四川大地，先天传承了巴蜀人的浪漫豪情，赋予了诗人特有的善感与多情，作为一个女性作者，蔓琳以无限深情塑造了一个敏感、多思、知性、痴情、具有现代意识的女性形象。也许很难将她诗集中的一百多首散文诗概括出其主旨，但是仔细品味，不难发现诗人立足现实，常常在特定的场景中捕捉到"水之意"、"雨之梦"和"风之声"，"花之魂"，一草一木都寄予了她浓厚的情感和独到的感悟，其作品中大量充盈着"意"、"梦"和"声"等难以言说的缥缈的体验，这为她的诗歌营造了梦幻般的人生意绪。

诗人静静地游走在布满情韵的诗笔上，将生命的跋涉、遥远无期的远方和自己的诗篇在心中一起铭刻，一起酣畅地带着岁月的冥想和记忆的典藏漫步游走岁月的足音，感受悠悠流淌的亲情，让思绪在季节中纷飞，在月光下唤起记忆。诗人在形而上的情绪空间守望着独行的风景，在孤独中抵达灵魂的充实，在爱的沉吟里眷顾永恒的诗行，向着风景的最真处，向诗情的最深处漫溯。

作为诗集开篇的《茶关》道出了这部诗集的写作意图和风格特色："累了么，请停下匆匆的脚步和漂泊的心，静静地品我为你酿制的香茗，氤氲的茶汤，很单纯，却满含深情。"一首首诗作就像是一杯杯芳香四溢、韵味无穷的清茶，滋润着读者的心田。每首诗都"很单纯，却满含深情"。

蔓琳是热爱生活的。对生活无限热爱、充满爱心的人，她的眼中总是飘浮着美的情愫，爱的火花。她把大自然人格化，在她眼中海水、河流、故乡都是有生命的精灵。诗人热爱大自然、热爱生命，在吟咏中就自然地把爱熔铸其间。所以，读蔓琳的散文诗，可以感受到诗人在与大自然的交流中发出的心灵的颤音。《约会海水》：

"在你的脚边，我捧起一捧潮湿的金沙，将它放在怀中靠近我的心壁，聆听你每一次潮汐，收藏你每一朵浪花。"

诗人热爱大海，是因为大海有"桑田沧海的岁月"，"精深无际的色彩"，"宽广博大的容纳百川孕育万物而无言不语"。

《携着爱飞翔》，作者把自己写成一只探春的鸟，把春天想象成自己热爱的对象，"那么，我爱，你愿意把你绚烂的生命交给我么？你是否真的愿意与我一起期待春天的来临？把你寒冬般沉寂的灰暗都随艳阳融化吧！把你所有对蓝天的向往，对世界的聆听都托付与我张开的一双翅膀！我将飞翔，带着你一生的梦想越过高山，冲破云层，并在即将醺暖的春风里尽情舞蹈。"

这不仅仅在抒发一种对春天热爱的情怀，更深层次是通过对春天的抒情表达了作者的内心情感世界和敢于担当的个性。

《心在明月湖流放》：

明月湖，我前世一路追寻的爱人，在你的胸怀中荡漾，我竟一瞬间迷失了方向。

我在你的记忆中寻觅，听你遥远而美丽的传说，你拥我于你温暖的怀抱中，像爱抚一个初涉人世的孩子。你滔滔不绝地讲诉，你的声音低沉而沙哑，可它多么好听啊！于我而言，那便是穿越时间和空间直抵心底的梵音。

爱，在湖上流浪，心被你热烈的拥抱窒息，而你的思绪便是度我的双桨，一次次的摇动，将我蒙尘的心灵在你的清澈里荡涤。

诗人难抑对大自然的热爱，把明月湖比喻成爱人，"明月湖，我水晶般清澈心灵的爱人，醉在你柔美而深沉的爱恋中，今生，我别无他求"。面对大自然，使心灵得到了净化："我蒙尘的心灵在你的清澈里荡涤"。这也许就是诗人热爱大自然的缘由吧。

爱是一个古老的主题，也是一个永恒的话题，人们需要爱就像需要空气、需要阳光、需要柴米油盐一样的自然，爱是一种本能，一种品质，更是一种能力。蔓琳的散文诗中充溢着爱，亲人之爱、夫妻之爱、朋友之爱，……蔓琳像是一位爱的

穿过河流的月光

开采者，她把存留在我们生活中的点点滴滴的爱都发掘了出来并赋予哲理的内涵。

在《祝你生日快乐》中，她用"烟，可以弥漫，泪也可以，情绪，更可以用一种姿态恣意弥漫。我的心，我的爱呢？可以吗？它可以弥漫吗？"的诗句来表达人世间最纯粹的友情，别开生面。《母亲又入梦境》《梦中的牵牛花》表达了对父母魂牵梦绕的思念。

"梦中，她盘旋成一种姿态，在父亲门前的小院。

开着紫色的花朵，一声声吹着母亲喜爱的曲调，就这么唱和着，一唱便到黄昏。

月圆了，牵牛花依然长成最初的模样，少女般的曼妙和羞涩，我多么想在花架下尽情撒娇。

南柯一梦，我夜夜入梦的父母啊！却消失了踪影。"

以牵牛花的意象来表达对父母的依恋也十分贴切。蔓琳把自己全部的情感都寄托在幼小的孩子身上，淋漓尽致地抒写了一个母亲对新生生命的渴盼、希望、挚爱、无私的奉献。《致女儿》《宝贝》字里行间充满对女儿成长的期盼：

其实，你将获取什么样的生活并不重要。只要你的笑容洒在阳光的每个季节，你的泪水真实而勇敢，那么即便再平凡的生命，也是让我骄傲的一撇和一捺。

《幸福的另一种版本》把母爱亲情表达得淋漓尽致。女儿是母亲生命的延续"她的生命完整了妈妈的生命"，女儿是母亲快乐的源泉，"她的快乐填充了妈妈的快乐"，女儿的每一点成长都使母亲感到无比幸福，"而幸福，在她调皮捣蛋的每一天成长，越来越高，越来越大……"

在蔓琳的散文诗中不乏吟咏爱情的。她所歌颂的爱情不是风花雪月，卿卿我我的浪漫缠绵。她把爱情植入生命之旅，伴随着岁月的流逝，爱情成为人生历练中不可或缺的情感因素，滋润着人们的心灵。"也许，我们的生命依然是不能尽兴的酣畅，我们的爱情依然是来去自由的淋漓，也许我们的容颜依然是不能甜美的憔悴，但我分明看到我们的天空，有一弯彩虹，隐隐地，照着我们前行的路……"《天边有一弯彩虹》这是经历了人生的中年人对爱情的渴盼和需求。心中有了爱，就足以抵御时世的纷扰和因为岁月的流逝而产生的沧桑感、危机感。

《约会海水》表面看是写对大海的一往情深，但是透过表层，诗中充满着对感情的渴望与憧憬，却又有着和她的年龄不相称的沧桑感。

《邂逅梨林》是对青涩爱情的一种朦胧记忆。诗人触景生情，面对月光下的梨林，在一片纯白梨花的深处，守着一轮弯月，循着月光找寻那些遗落的时光，那些粉粉白白的青春，找寻年少青涩的梦和那些葱葱郁郁的记忆。"将心事收藏了，放在灵魂最高处，尽量不去触碰，尽量不去在今天的梦里做昨天的梦。"在静谧美好的环境中，最容易触发人们对美好的记忆，诗人越是说将心事收藏，越是说不去触碰，那逝去的往事越是抹不走的，越是要涌上心头。以至"梨花开过了，一阵风，便只能等来年的复苏，如爱情扎根！

如果说自然之爱、亲情之爱、朋友之爱，还属于一己的主观感受，那么蔓琳的散文诗也不乏对社会的关注，对人生终极意义的拷问与追寻。

《冲击》

在酒吧的拐角处，默默的，我在读一种声音。

听吧，理想和现实在撞击，他们含糊其辞；友情和金钱在勾兑，他们纠缠不清；灵魂和肉体在推杯换盏，他们达成了协议。

我跌落于这一片迷乱的丛林，我听到心在思想的背后发出清晰的叹息声：

"唉，这黑色的混乱！"

于是，我用一首诗，删除这个邪恶的词语！

这是蔓琳这部散文诗集中为数不多的直面现实的篇章。作者把批判的锋芒直指社会的丑恶现象：权权交易、钱权交易、钱（权）色交易，作者的态度是明确的、决绝的：这都是见不得人的黑色交易，在这里，利益和欲望冲击着道德底线、人性底线，"我用一首诗，删除这个邪恶的词语！"鄙视和愤怒之情溢于言表。

《被禁锢的自由》《美丽被装进笼子》诗人把同情的目光转向在金钱和物质利诱下沉沦的不幸的女性。当今社会社会的压力，生存的压力不可避免地施加到女性身上，而社会物竞天择、优胜劣汰的法则是如此的残酷，只要稍有不慎，女性就要在这场竞争中飘落风尘，沦为了社会的玩物。那些街头的妓女，被包养的二奶，跳艳舞的女孩……比比皆是，举不胜举。诗人警醒到"有一张网，正罩着她们整个的世界……"，以哀其不幸，怒其不争的悲悯情怀写道："在你们的幸福中，我看到跪下去的卑微。"在得到物质享受的同时，是道德的沦丧，人格的沉降。诗人为此而悲哀："这世界疯了，上天宠坏了无心的女人，而我，扶在思想的背脊上哭泣。"诗人希望"将这个狂乱的黑夜洗净。"

我们常说抒情是通向诗人心灵的一条曲径，常能把那些隐匿在内心深处的微妙复杂的情思，一缕一缕地抽绎出来，牵动着我们的心弦。蔓琳的散文诗就是以强烈的情感蕴藉挚诚动人地感染着读者。

诗人抓住了强烈的抒情性这一诗歌的根本特征，饱含情感的汁液，想象之花遍地绽放。别林斯基把抒情性称为"一切诗的生命和灵魂"，他说："抒情性像元素一样进入一切其他种类的诗中，使之活跃起来，有如普罗米修斯的火焰鼓舞了宙斯的造物。"当诗歌乘上抒情和想象的翅膀，灵魂的轻扬便有了真实的方向。读者得以在情感和想象中触摸到了诗歌脉搏的律动。蔓琳的散文诗具有概括性和凝练性。她常常营造情景交融、形神统一的意境，精心构造了一种氛围，空灵轻巧而又渗入了自己凝练的情感，感性又不失内涵，呈现出细致婉转的审美风格。

蔓琳的散文诗有双重内涵，一重是诗中正面歌咏的对象，不管是大海、河流还是花朵、雪山，都把其当做有生命的所在，带有咏物诗的特点。但是透过这第一层，还有第二层涵义，那是诗人对人生的感悟与思索、对理想的歌咏与憧憬，带着苦涩、无奈，也涌动着澎湃激情。诗人常常有意无意地，有深有浅地透过所咏之物，或流露作者的人生态度，或寄寓美好的愿望，或包涵生活的哲理，这需要我们细加体会。诗人把两重内涵，天衣无缝地弥合在一起，增添了诗作的厚度和张力。为了实现这一点，她有时用第一人称，直接站在所咏之景物的角度，而赋予了它生命和思想。如《版纳三角梅》是一首咏物的散文诗。听说佛家有关于境界的说法。第一层是看山是山，看水是水。这时的山与水在观察者来说是看到事物的原来面目。第二层境界是见山不是山，见水不是水。这要求察看事物时须要看到事物的内在的东西，而不能仅仅停留在事物的表面。第三个境界是看山还是山，看水还是水。从事物的表面看到事物外在的实质，看懂了、看透了，物我合一、天人合一，你中有我，我中有你。到了这个程度，即是达到了至高境界。我们来看《版纳三角梅》。

　　我是开在版纳的那株三角梅，没有花，却把枝叶开成酴醿的一片，一个人，静静的，在每一个不起眼的街角绽放。

　　我常常张着美丽的面庞，在阳光的照耀下闪闪发光，为你的到来，年年花开茂盛。而你，在如织的人群中来去。我专注的等待对于花团锦簇的版纳而言，实在微不足道。

　　这朝晴暮雨的城市啊，每一支花都有着灿烂的容颜，每一种植物都带着露水般晶亮的娇嫩。

　　风和雨匆忙地传递着春天的信息，却将一些随意散落的回忆重重地打在我的躯干上，抓紧泥土的根须在暗地里瑟瑟发抖，我的寒冷，我的悲伤你永远无法看到。

　　诗人用第一人称，直接以三角梅的视角来写。第一层写出了版纳三角梅的特性："没有花，却把枝叶开成酝酿的一片，一个人，静静的，在每一个不起眼的街角绽放。"第二层写出了三角梅所默默承受的凄冷、孤独。"风和雨匆忙地传递着春天的信息，却将一些随意散落的回忆重重地打在我的躯干上，抓紧泥土的根须在暗地里瑟瑟发抖，我的寒冷，我的悲伤你永远无法看到。"第三层则是通过对版纳三角梅的描摹，表达更深层的意蕴：诗人所倡导的是一种奉献精神、勇于担当的精神。

有时又用第二人称来咏物、抒情。《与雪山的距离》圣洁的雪山被人格化。他以博大的胸怀，容纳了"扑满尘垢的凡心"，诗人以一种感激之心，带着忏悔之意去接受雪山圣洁的洗礼。有一双诗人的眼睛，眼前的景物，不再是山川河流，而是把记忆中的人生感受和眼前的景物融合在一起。眼前的景物就成了抒发情感的对应物。

蔓琳的散文诗可以称为"散文的诗"或者"诗的散文"，也可以叫偏散文的散文诗。她的作品写得很精美，文字功底也不错，不少句子十分生动优美。只是她在处理艺术虚实和文字结构方面还缺乏空间的跨越，有的篇章未能准确地把握好散文诗与散文和诗歌之间的区别界限，写作过程中随意性较大，有的篇章提炼得还显不够。在情与理的处理上，有时哲理的内蕴显得不够。对散文诗而言，不外情与理两个字。散文诗无疑是现代意义的"诗"，因为她借助于散文的表达方式而减少了诗体形式的束缚，可以自由地舒展内心的感情。所谓理，是作家渗透在作品中的理性思考和哲学意蕴。哲理，是在最崇高的土地上成长起来的许多高尚的强有力的思想。诚然，散文诗作者不是哲学家，他的任务并不着重于阐明事理，但也不仅仅满足于对生活做浮光掠影的描绘，而是在感受生活的同时，认真而执拗地探索生活的底蕴，通过文学形象的特殊创造，在作品中揭示出生活的本质与人生奥秘的真谛，这样，就使散文诗作品在叙事写景抒情中闪现出一层哲理的光环，它就像石光电火，将整个作品的意境映照得通红透亮。在这方面，蔓琳还可以下些工夫。

蔓琳在滚滚红尘中已经把握住了自己，在散文诗的艺术天国里，她一定会绽放出更加鲜艳夺目的花朵。我们这样期待着。

李标晶

毕业于北京师范大学中文系。杭州师范大学人文学院中文系教授。历任系副主任四年、主任五年。担任本科和研究生教学。先后指导学科教学论、中国现代文学硕士研究生十余名。

出版专著《中国现代文学名著创作始末》《儿童文学原理》《儿童文学引论》《茅盾传》《茅盾文体论初探》《茅盾智语》《茅盾文艺思想论稿》《中国现代散文诗艺术论》《中国现代文学名著创作探源》《比较文学与中国现代文学》《通俗文学概论》《中国现代作家论文体》《20世纪中国散文诗论》《中国现代小说流派》等。主编《简明茅盾词典》《简明郭沫若词典》《中国现代文学史新编》《中国现当代文学史》《中国现代文学作品选读》《电影艺术欣赏》《儿童文学引论》《中国传统文化概论》《艺术鉴赏引论》《中国传统建筑文化读本》《中外文学作品导读》等。

此外，有六十余篇学术论文发表在各学术期刊。

主要学术兼职：中国茅盾研究会常务理事、中国比较文学教学研究会理事、中国散文诗学会常务理事、浙江省现代文学研究会常务副会长、郁达夫研究会特约研究员、21世纪全国高校素质教育教材编辑委员会委员等。

穿过河流的月光

知我者谓我心忧，不知我者谓我何求。

——《诗经·黍离》

岁月河流洗汰以后

——蔓琳散文诗集《穿过河流的月光》阅读札记

秦兆基

阅读蔓琳的散文诗，称得上是件快意的事。她的作品宛如春水放排，了无凝滞，绰约、轻盈的意象符号在书卷中跳动，但是废卷而思的时候，换句话说，就是转入深阅读以后，似乎就不那么轻松了。

蔓琳的散文诗不再是青春少女式的轻吟低唱，而是在经历了岁月风华和迷茫以后的反思、感悟，饱蕴着带有她个性色彩的人生观照、历练，经营出属于她自己一方的艺术世界，很有能够启示于人的地方。

作为意象中心的"月光"

蔓琳将其林林总总的一百余首散文诗，合为一集，取名为《穿过河流的月光》。"月光"是这个偏正短语的中心词，受"穿过河流"的修饰和限制，这样就使得它承载着更多的意义，

"河流"在这里，是实指，也是隐喻，既是指诗人见到的山川大地，也是指诗人经历的人生岁月。从这个意义上看，就是说，月光见证创作主体的全部生活，洞悉她的心灵世界。

为更清楚地领略这一点，不妨从两个方面展开：

其一，从蔓琳这本散文诗作本身出发。粗粗地看一看，在她的一百余首散文诗中"月光"这个诗歌形象前后出现了十多处。细细分辨一下，大致有四种情况：

1. 月光是作为背景、陪衬，用以烘托作为画面主体的形象。如《带泪的曼陀罗》中：

曼陀罗开了，带着一如既往的微笑。

我猜想花在微笑，却神秘而忧伤，有许多心事袒露在浅淡的月光下，如寒夜星辰闪着熠熠的光芒。

"月光"赋予曼陀罗花以诗意的生命，显示出她矜持而高贵的品格。

2. 月光是作为永恒的存在，是客观的比照物。如《月亮，时光的镜子》中：

我一览无遗的月亮，我沉沉的思念，她温柔的光映照着我的爱，我的回忆。可惜，已找不回我失落于花丛中的昨天……

记忆中的生活情景与月光同在，在月光中映照出昔日时光留存的影像，就像佛家所说的月映万川，月光留存着人世间的一切。

3. 月光是生命的伴侣，是自己生活最重要的一部分。如《爱有来生》中：

当杜鹃花开满山坡，你曾盘石而坐，笛声悠扬，那一捧皎洁的月光是你前世送我的花束。

没有形质的月光，化为有形质的玫瑰，成为传递爱意的信物。再如《玉兰与月光》中：

玉兰记得那些它们彼此相拥的夜晚，记得月光无限的柔情，记得那些跌落于黑夜中静寂无声的相思，那些浅淡而清澈的目光……

玉兰是以月光作为情恋的对象，玉兰和月光都被拟人化了，化为脉脉相对的情侣。

4. 月光是练达世情、深味人间痛苦与欢乐的智者，他指点着人生途径，给人以启示和感悟。如《与明月相望》中：

我常常抬头望你，在无论怎样寒寂的日子，只要有你的影子，心中就充盈一种温柔的情绪，而你的圣洁，你的浅淡，你柔柔缓缓的身姿，总能在某个恰当的时刻填满我荒芜的心房。

月光给予诗人灵魂以安慰，使得她的心灵得以平静。

"喻有多义"，就是同一个喻体，可以作多种解释，赋予多重意义。上面所说的第一种情况，是作为背景来处置的，并非用喻，可以不予置论以外，其他三种，或是把月光作为我生命史的见证，或是把月光作为友人、恋人，或是把月光作为智者，生命的导师。

诗人不是简单地用月光来做比方，而是揭示出月光的性征，诸如温柔、皎洁、圣洁，甚至进而描绘她的身形——柔柔缓缓的身姿。月是与诗人同在的，或者说，就是诗人人格精神的折射。

其二，从我们民族的诗学传统来看。设想一下，在广袤无垠的荒原之上，苍苍莽莽的森林覆盖着，暗夜中，蓝天上孤悬一轮明月，生活在这样环境中的原始人群，觉得在苍茫宇宙之下唯一可以信赖的、能够给予他们温暖和力量的就是月光，无怪乎世界各个民族几乎都有月神崇拜。

在中国古典诗文中，月光总是作为一个特定的意象符号，被诗人墨客们不断地经营、打造、翻新。《诗经·月出》中"月出皎兮，佼人僚兮"，在皎洁的月光之下，意中人舒缓地走出来了，仪态万千，月色增添了人物的美。唐代诗人张若虚在《春江花月夜》中提出了怅问："江畔何时初见月？江月何时初见人？"后又自作解人，"人生代代无穷已，江月年年只相似，不知江月照何人，但见长江送流水。"对于这个关系到宇宙本源的问题，张若虚是无法作出回答的，只能表示了无奈。岁月的河流似乎洗汰了一切，几乎不留下任何一点痕迹。

月光与时间同在，它是时间的尺度。因为时间是无法直观的，无法直接思考和把握，总是通过空间表现出来的。在空间中保存着对过去留存的一切的记忆：幸福与痛苦、希望与迷惘、痛彻心扉的感动，蔓琳反复咀嚼这些，是想从中找到慰藉，找到激励自己前行的勇气。

红装，别有的情怀

"别有情怀写红妆"，是现代学人陈寅恪有感自己于晚年倾力为柳如是立传写的一句诗。诗翁的"别有情怀"，是缘于红装的情怀别具。"常恨风云气少，儿女情多"，家务事，儿女情，常常被认为是女性文学特征。现代女权主义写作兴起以后，批评家的观念又有某些改变。认为女性书写就是从肉体开始到肉体为止，宣泄非意识形态化的快感，直指当下日常性的在场状态，显现出对于男性极为强烈报复欲望与征服冲动。

性别革命，在处于当下社会转型期的中国，也许还不能成为社会的主潮。并非每一个女性作者都要以性别角斗士的身份出现在公众的面前，蔓琳所关注仍然是社会正义、对人们普遍生存状态的思考、自然与社会风情、个我生活——亲情、爱情。

女性常常将自己封闭在有限的世界里，情恋、母爱、家庭风波，往往成为女作家专注的母题，其实女性作者可以从自己的敏锐的直感出发，以细腻的笔致，揭示出为男性作者所不及见的艺术天地。

蔓琳的散文诗很有些属于他自己的发现。

其一，在她的作品中，有着对社会丑恶现象的揭露和对正义的张扬。如《冲击》：

在酒吧的拐角处，默默的，我在读一种声音。

听吧，理想和现实在撞击，他们含糊其辞；友情和金钱在勾兑，他们纠缠不清；灵魂和肉体在推杯换盏，他们达成了协议。

蔓琳这首散文诗将酒吧，或者一切游乐场所、酒店习见的现象：权权交易、权钱交易、权色交易的种种场面浓缩并予以抽象化，化为"一种声音"。不管主人、客人身份、话题、话语方式，有着怎样的变化，其本质和最终结果是一样的——达成协议：理想受到了冲击。

诗人慨叹"唉，这黑色的混乱！"但她只能用诗"删除这个邪恶的词语"，倾吐出自己作为社会公民的正直与无奈。

其二，在他的作品中，有着悲天悯人的情怀，表现出对弱势人群的同情。《美丽被装进了笼子》《被禁锢的自由》，透露出诗人对妇女命运的同情。

给我一个快乐的理由，给我一次痛苦的借口，在你们的幸福中，我看到跪下去的卑微。

这世界疯了，上天宠坏了无心的女人，而我，扶在思想的背脊上哭泣。

当下中国社会的妇女命运也许是一个最为纠结的问题，被供奉与被玩弄、被侮辱与被损害，在交际场所、在网上炫富的女人，在荣华富贵的背后，诗人看到了"跪下去的卑微"只能伏在"思想的背脊上哭泣"。

她们忘我的幸福着，活在无所畏忌的生活中。可我，分明看到，有一张网，正罩着她们整个的世界……

蔓琳诗中写的是嬉戏的鸟群，实际上也象征着人间世。北岛有首被称为最短的诗，诗题为《生活》，诗章只有一个字："网"。有形和无形的网，正罩向人们，特别是天真未凿的少女。

《响器》写了一位一个南下军人的命运，几十年后孑然地回到故土，离开人世时，只有响器为他送葬。

我回来了，已经衰老。

……

谁能在我活着的时候检阅爱情？谁能在我死后祭奠岁月？

......

我要睡了。

然后，用别人的声音，留我在这世界活着的方式。

这首散文诗像是汉乐府《十五从军征》的现代版，战士的奉献能得到的回报的是什么？送葬的唢呐倾吐出他的，也是诗人的心语。

其三，在她的作品中，有着对人生终极意义的思考。

法国作家狄德罗说过："他（诗人）应该是一个哲学家，应该深入自己的内心，了解人的本性"。（《论戏剧艺术》）其实，不一定要说得那么玄乎，生命的本源、人的本真意义、命运，常常是人们，也包括诗人思考的问题，并不--定要上升到哲学的高度。蔓琳也在自己的散文诗中透露出对这些方面的思索，并且作出自己的回答。如《生命的诱惑》中：

已经忘却了曾经怎样受伤的记忆，已经忘记了那些用时间慰藉的伤口，那如水般汩汩涌流的希望之翼是如何在现实中折断翅膀，我仿佛已经忘却了。

在希腊神话中潘多拉的匣子，是很富有哲理意味的，忘却的救世主使人麻木，也使人获得生活的勇气。蔓琳在思考后得出了宽慰自己的答案："或者生命就是这般简单的命题，过去与现在的多次重复就是命运旋转的出口。"人就是在这样在被生活欺骗中苟活和前行。

在生命的诱惑之中，诗人似乎逐渐洞悉世情，了解了生活的本真面目以后。然而，仍在不断参详，她一方面感到"生活是一本难懂的书"，另一方面，又试图穷究生活的底蕴，写下了《黑与白的辩证》：

黑夜，总有一些明亮的颜色，对光明而言，也有完全陷入黑暗的一瞬。

生活，不会是纯然一色的，杂色是极为正常的。"我们常常思念纯真，怀念曾经经历的美好，手中的幸福被我们捏得咯咯发抖。"让自己变得愤世嫉俗起来，黑与白的交替是正常的，心底要永存阳光。

蔓琳的这些理解贯串在她的人生中，也融进她的诗章，虽然未必深刻，但也算练达世情以后的感悟。

以我观物与以物观物

蔓琳的散文诗有相当一部分是以流连景物为题材的，除了其中一些近于游记的作品，如《木格措》《若尔盖之梦》《景洪观感》以外，大部分是以景写情，即以画面的呈现，抒写自我的内在情思。

近代诗论家王国维主张诗歌要把境界的营建放到突出的位置。认为"词以境界为上，有境界则自成高格"。（《人间词话》）王氏的论著是专谈词的，其实一切诗歌，包括散文诗都应该把境界的打造，作为自己艺术上终结追求。

蔓琳的散文诗注意到这点，她习惯也见长于用设定的换面构成艺术境界，透露出自己的情思。她的散文诗境界建构的方式，大致有两点：

其一，以我观物。王国维认为是"有我之境"的营建方式。"有我之境，以我观物。故物皆着我之色彩"。"我"介入

穿过河流的月光

诗中，或者指点评说，或者干脆成为参与者，成为某个景物的化身。如《约会海水》：

> 我是无知的孩子，我只记住了你的名字，每次想着它，我都会战栗不止，心在疼痛，那种温柔幸福的疼痛，那种在强烈而炽热的爱恋过后的疼痛。

诗人把大海人格化了，海水是"我"心仪的情人。爱没有理由，也不需要理由，幸福使"我"处于迷蒙的状态。再如《浪与沙》，写出了浪的千姿百态：

> 在夕阳下，你是在水边涤衣的女子，绾着发髻，伸着玉臂，柔柔缓缓地将水面荡起一层层涟漪。

> 入夜，风高浪急，你是狂傲的勇士，披肝裂胆地将时光一次次击穿。

又显示出一种雄性精神和征服的欲求：

> 你涌来，用一种毫无顾忌的姿态，扑向我懦弱的灵魂，时而淹没，时而袒露，我在阳光下瑟瑟发抖的躯体。

"沙"始终记着那些盟誓言，也许不过是一则美丽的谎言，苦苦地等待着：

> 于是，我留在陆地上，等你。

> 等你，等你，等你驾着海浪来将我带走。

诗也许是重复着某个神话的原型，或者某个人间故事的模式。诗人在不无煽情地阐释者，指点述说着，让人们领略出故事的命意。人们在诗中会感受到诗人的存在。

其二，以物观物。王国维说得很有意思："无我之境，以物观物，故不知何者为我，何者为物。"诗人避免深度介入，使自己退出诗外，只是提供富有底蕴的画面，让读者品味咀嚼。如《城里孩子的幸福》：

在无人的山坡上，听风的声音，听春天在树丫抽枝拔节的喘息，而小草，在雨水击打的湿润中疯长。

一群孩子穿过城市冰冷的面庞，笑盈盈地将童年的快乐一声声地遗落在郊外的露珠间……

孩子们将欢悦做成风筝，拉直线，在宽阔的草地上奔跑。

幸福多么单纯，只需要一块长满花朵的草地，一根线一张纸就可以飞上天空。

城里的孩子在郊野之中找到了童真与欢乐，仅仅需要一块草地、一根线、一张纸，言在意外，这个场景告诉了人们诗里所没有道及的东西。

王国维对于"以我观物"和"以物观物"似乎没有分轩轾，不过从这则此话的最后一句来看，"古人为词，写有我之境为多，然未始不能写无我之境，此豪杰之士能自树立耳"。诗的本质不是煽情，而是以言外之情去自然地打动人。在诗中，也包括散文诗中，要尽可能避免个我的深度介入。

魔幻与现实

蔓琳的散文诗中有相当一些是带有梦幻色彩。或是表现自己纷乱思绪的，这种类型的作品，在散文诗中并不多见，似乎应该引起较多的注意。

蔓琳有的诗是写情恋的，但是她规避了常用的直接倾吐，或者用物象示意，而是在一个虚幻的故事中，借抒情主人公的口，道出了自己的情感经历和终极追求。因为人不只是生活在现实世界之中，只是对他们所直接感知到的东西作出理性的判断和行动，而且也是生活在想象世界之中的，用个人头脑中的思想和身体中的情感来选择自己的行动意向，借助于幻想和想象去思索和体验哪些在现实之中无法直接感知的东西，哪些用有形的符号媒介难以呈现的东西，那些蕴含着有创造性的生命价值的东西。她的《望乡台》《爱有来生》《恋恋荷风》《僵持》都是借助于梦幻，或者说魔幻营建出一个理想的情境，来吐露自己的情愫，如《望乡台》：

> 我从不曾说，我是如何走过来的。//我在默想，这一路，我沿途看到的所有风景。//其实所谓风景，不过是生与死的过程。我借着这个躯体重生，看到我前世曾经拥有的你。
>
> ……
>
> 而我，依然不舍地站在望乡台上，看你夜色下辗转难眠。那门前啼血的杜鹃在你隔世的梦中盛开。//我静静地看你，在离你那么近的距离中，我听到你的呼吸，感受到你轻微的心跳，我看到你眉头紧锁纠缠于前世的思念，在懵懂的世界中静寂无声。

在民间传说中，人死后有一条路通向黄泉，路上有一座桥承载奈何，有一座高台用来望乡，有一碗汤可以把所有都遗忘，有一块石头刻着死者历历三生的模样。诗人设想自己离开人世，涉过了忘川之水和地狱之火的煎熬，在转生之际还忘不了前世里的情人，她不知道、不可能知道、也不必知道情人还记不记得前世存在过的自己，她只要能见到"你眉头紧锁纠缠于前世的思念，在懵懂的世界中静寂无声"，也就够了。这是一种跨越生死、超越一切功利目的之上的爱。

望乡台、前世、转生，无疑都是虚妄的，带有东方神秘主义色彩的，诗人借助于这些元素营建了带有魔幻意味的情境，让读者顾念徘徊。

蔓琳还有些是表现自己纷乱思绪的。从人的心理来看，意识层面上的，就是清楚意识到、有序的，往往不是太多，而无意识的、下意识的，以无序状态存在的却是相当的多。正像李煜词中所说的，"剪不断，理还乱，是离愁。别是一般滋味在心头"，或者像李清照所说的，"一种相思，两处闲愁。此情无计可消除。才下眉头，却上心头"。捕捉这种兴寄无端的思绪是相当困难的，蔓琳在《夜色下，任思绪漂泊》，正像诗的开头所说：

我常常夜不能眠，从黄昏到黎明的整个时间都是自己和自己交战，一个要睡，一个却难以安眠……

在难眠的夜中，借着照相簿和文字去唤回记忆，画面、断断续续的片断、温馨的、催人泪下的，曾经有的，用幻想心造的，纷乱地交错在一起。诗人把这些当做一种心灵的享受"在寂静的夜色下独坐，""在灰暗的夜色中放飞"，一如人生般苦中作乐的滋味，"让它恣意弥漫我的心灵，并在夜雾的都市中游离……"

蔓琳用类似电影蒙太奇的手法，写出了现代都市人漂泊无定、寂寞而又烦躁的心态。

如同诗集开头一首《茶关》所写的那样：

南来北往的游子，寒江钓雪的浪人，漂泊异乡的学子，请将淋湿的羽翼张开吧，在这被太阳炙烤的长廊上晾晒。

不过，这里晾晒的是诗人自己的羽翼。

秦兆基

男，江苏镇江人，出生于 1932 年 2 月。教师、作家。早年毕业于江苏省镇江师范学校，做过几年小学教师。后就读于南京师范学院中文系。20 世纪 60 年起，长期担任中学语文教师。长期以来主攻文学评论，主要关注散文诗、报告文学和苏州地方文化。

已出版散文集《错失沧海》《苏州记忆》《红楼流韵》，长篇人物传记《范仲淹》，文学评论集《时代的脉搏在跳动》《报告文学十家谈》《散文诗写作》《永远的询探》等，编选的文学读物，有《现当代抒情散文诗选讲》《中外散文诗经典作品评赏》《文学艺术鉴赏辞典》《宋诗选读》《苏州文选》等。在国内外报刊发表文学评论和散文、诗歌一百多篇。部分作品收入《中国散文诗七十年》《当代世界华人诗文精选》和"中国人民大学复印资料"等。有十一部作品入藏美国国会图书馆。

退休以后，参加国家课程标准初高中语文教科书的编写，另有教育论著多部。

洁白的月光

——蔓琳散文诗创作及其散文诗集《穿过河流的月光》窥管

牛　放

摘要：诗歌与散文在散文诗里的分配，是散文诗艺术定位的关键。散文诗，在诗歌中配以散文的艺术成分，在散文中注入诗歌的意境与思考，诗歌与散文相得益彰，融会贯通于两种不同的艺术形式之中，从而完成散文与诗歌的有机嫁接。本文以蔓琳的散文诗为例证，透析了散文诗创作中传统文化的血根对女性散文诗意象选择的深层影响与诗意拓展带来的思考。

关键词：散文诗创作。男性语境下女性意志的突围。中国月亮文化

散文诗在中国文坛长期以来被视为文学体裁的"怪胎"而受到广泛轻贱，又因中国文坛没有给出正确的地位而使之发育受损，营养不良，严重滞后了发展。这是很不正常很不正确的中国文学事件。

在读蔓琳散文诗之前，我对散文诗的态度也是轻慢的，不尊重的。此前我曾经在一些报纸和文学刊物上读过部分散文诗作品，兴许是刚好遇上了不怎么样的那一类吧！我的朋友里也有写散文诗的，因了我是做文学刊物编辑工作的缘故，他们断

断续续地也会给我寄来一些作品。可惜我都没能从中读出感觉来。这样一来，就给我造成了一种错觉，即所谓散文诗就是诗歌不是诗歌，散文不是散文，作品像杯温开水，既不烫也不凉还没有味道的作品。哪还敢奢谈什么灵动、意境、含蓄、诗性等文学元素了，其精神品质和民族文化高度实在是不敢恭维了，自然也就说不上好感。因而主观草率地在心理上给散文诗给予了一个错误的定位。这样的误会，完完全全是那些差劲的鱼目混珠式的伪散文诗带来的恶果，才诱发像我一样的这类读者误解，生出了错误的臆断。

我与蔓琳并不熟悉，接触她的散文也纯属偶然。今年4月，四川省散文诗学会和四川省作家协会联合在开江县举办文学笔会，笔会期间我偶然得到一本2011年第二期《散文诗世界》杂志。晚上闲暇无聊拿起翻翻，里面打头的是蔓琳的一组散文诗《水调江吟》。诗的篇首，是资深的散文诗组织和创作的领袖人物海梦老先生亲笔的编者按，字里行间洋溢着赞许与夸奖，无形中增加了我阅读这组散文诗的欲望。但也仅限于跑马观花式地浏览一下而已的心理。

当椰风吹醒我昏昏欲睡的人生，我听到你心的律动。

我曾不能想象你的心胸有这么宽广，你的生命有这么悠长，你那波涛翻滚的海面下，隐藏的心事会这样坦坦荡荡地呈现在我的面前。

……

我迫切地想投入你的怀抱，我甚至料定你广博的怀抱也一定有对我温暖的期待。

——《约会海水》

你涌来，用一种毫无顾忌的姿态，扑向我懦弱的灵魂，时而淹没，时而袒露，我在阳光下瑟瑟发抖的躯体。

我心上的泪珠是你从深海走来的明证，是你遗落于这世界唯一的纪念，我是你心里最柔软的肋骨，是你在风起云涌的惊骇中那一抹不堪回首的痛。

于是，我留在陆地上，等你。

等你，等你，等你驾着海浪来再次将我带走。

——《浪与沙》

神秘的川岛，我来了。

在彼此那么急切的思念以后，你将用什么样的激情揽我入怀？

我从不躲闪你温暖的目光，在万千红尘的喧嚣中急迫地等待，你低声的吟唱翻越千山万水，让我一路为你而来。

……

我沉迷于你的溺爱。在相对的距离中与你紧紧相随。有什么可以见证我们此刻的水天一色？有什么力量可以将我从你的湛蓝里拿走？

川岛，我等待千年的爱人，当你从沉睡的深海向我呼喊，我便早已明了：

今生，你是我放不下的柔情，是我心尖顶礼的最后一滴露珠，是我黎明黄昏的惶惶等待，是我焦灼眼睛里流溢出的温润的泪滴。

——《川岛，我的旷世爱人》

166

　　我读到这些澎湃的诗句，我读到这些滚烫的爱心，我读到这些以爱出发去审读和拥抱世界的情绪时，我被震撼了。我连续地看了好几遍，她仍然深深地感染于我，意韵绵绵。我对我过去看待散文诗的态度深感内疚，从此开始关注散文诗，特别是蔓琳的散文诗作品。我在网上百度了一下，知道蔓琳在网上开了个博客，人气很旺。她的许多作品都能在博客里读到，这样便俭省了我收集的困难。打开蔓琳的博客，我被她的散文诗深深吸引，一篇又一篇地读下去，连续几个夜晚，直至读到最后一页。

　　蔓琳的散文诗，诗歌成分很大，散文成分孱弱，这正是我所希望的散文诗艺术诉求。当然，从散文诗的定义而言，也有偏重于散文成分的，也有平分的，但我却固执地喜欢偏重诗歌成分的散文诗。一般地讲，散文诗外在形式是散文化的，不以纯粹诗歌的排列方式处理句式、小节或段落；在内在艺术要求上则是诗歌化的，要具备诗歌的各个元素。但诗歌语言、意像的处理上不像纯粹诗歌的密集度那么大，而是具有散文的成分分布其间。也就是说，诗歌与散文在散文诗里的分配，是散文诗艺术定位的关键。一个好的散文诗作家，其文化学养，文学修养，诗人气度，散文家品质等都应该是一流的，高水准的。蔓琳深知个中奥妙。蔓琳的散文诗，在诗歌中配以散文的艺术成分，在散文中注入诗歌的意境与思考，诗歌与散文相得益彰，融会贯通于两种不同的艺术形式之中，从而完成了散文与诗歌的有机嫁接。我们放开蔓琳散文诗中的散文不谈，不妨来看看她的诗歌倾向。

风吹雨打的季节已经过去好久了，她依然躺在那里，被时间遗弃。海螺，像一枚耳朵，在海水的边缘紧贴海岸，聆听那些沉于海底的心事。

——《考验》

这世界疯了，上天宠坏了无心的女人，而我，伏在思想的背脊上哭泣。

……

下雨了，请将这个狂乱的黑夜洗净。

——《美丽被装进笼子》

于是，怀着晃晃悠悠的心事，投入蜿蜒的河水，让它带走一缕馨香。

——《桂花的心事》

于是，我用一首诗，删除这个邪恶的词语。

——《冲击》

从那些美丽的诗句中醒来，那些梦中的喃喃诉说……

——《诗歌之旅》

等等，不一而足。这些诗歌语言在散文诗中具有极强的冲击力和震荡性。它们新颖、耐读，透射出巨大的美感与哲思，即使是把它们放入纯粹的诗歌文本中，也毫不逊色于那些优秀的诗歌作品。

蔓琳散文诗的另一个特点，是浸透了"情"意。读了她的散文诗，你会觉得她简直就是为情而生，为情而活的人。在她的眼中，世界是情的世界，是由情构成的，一切事物皆用情去审视，用情去批判，用情去参与。欣喜是情，悲伤也是情。在

穿过河流的月光

她的作品中，情好像决堤的洪水，奔腾咆哮，飞泻不息，又像汪洋的海，深不见底，永不枯竭。

许多文学大师都赞成"诗歌是青春的产物"这个论点。我们将这句话进一步地翻译一下便成了：青春是人情感充沛，充满活力生机，激情万丈的年龄时节，诗歌是情的产物，没有情就没有诗。所以，情是诗歌生成之源。我们信手从蔓琳的散文诗中抽出一些章节或语句，都能充分感受到扑面而来的激情和情爱，哪怕写草木山川也概莫能外。

温一壶酒，摘几颗星星串成手链，学着月光的静谧，在盛开的菊花旁等你，等你来尝尝温酒的甘冽，看看菊花的消瘦。

时间，一粒一粒，从沙壶中泄漏，花容一毫一毫枯萎，激情已经储存得太久，像窖藏的陈酿，那急迫而疯狂的浆液正焦灼地等你来划一根火星，我要将全部的火焰燃尽。

——《等待已经很疼》

雪山扑进她的怀抱，把千年万年的雄峙化为淡淡的柔情，将冰清躺入另一种色彩。静静的水面被朝拜的人群激起涟漪，天空、白云也开始在海子中摇晃，一闪一闪的浪花刹那间便开满了湖面。

——《木格措》

我真的很难控制对你的向往，我无法不去想象你那辽阔无边。你宽广的胸膛是我最想停靠的地方，并幻想在你怀中醒来的每一个早晨，听百灵鸟轻轻吟唱。

鹰鹫在蓝天上翱翔，寺庙梵音悠扬，散落的帐篷长成蘑菇，在若尔盖迷醉的又岂止是牧歌疯长的草原。

到我怀里，或者让我住进你的心里。

而我此刻随意抓住的一把风啊，都有绵绵的爱恋在弥漫。

——《若尔盖之梦》

渺无音讯的思念啊，在翘首以盼的站立中渐渐衰老，时间后面，将回忆留下胎记。我百转千回的柔情被你的漂泊带走，生命，黯然失色。

坚守，变成一种决绝，你回来或者一生漂流，我都始终守着这份难解的寂寞，直到最后，幸福变成冰凉的石头。

——《码头》

透过作家的眼睛，所有的事物都鲜活了起来，所有的事物都有了生命。诗人都给它们赋予了爱，注入了情。诗人的爱心也在她倾注爱的时候得到升华，得到复活。诗人的爱是普世之爱，是慈悲之爱，是爱情之爱。对于这样的爱，我们应该怀着敬畏之心，圣洁之心去颂扬，去膜拜。庸俗的心，扑满尘垢的心是不配阅读这样的作品的，他们怀着肮脏去阅读圣洁，本身就是玷污。

自古以来，凡言情者，皆离不开月亮。唐诗宋词，汉赋元曲，楚歌蜀戏，月亮穿透时光，照耀着所有与爱有关的历史。全唐诗五万余首，是同一历史时期世界诗歌艺术的巅峰。《唐诗选译》《唐诗选注》等许多唐诗选本，都将张若虚的长诗《春江花月夜》列为打头的第一篇，这是很有眼光的做法。这似乎给唐诗蒙上了一层淡淡的月色，令一部浩浩唐诗浸泡于多情的月华之中。"春江潮水连海平，海上明月共潮生。"水天一色，潮涨月升，动静之间幻化出自然的无穷魅力。"江畔何人初见月？江月何年初照人？人生代代无穷已，江月年年只相似。不知江月待何人，但见长江送流水。"一轮皓月，跨越时空，亘古如斯。相比之下，人生如水，多么短暂而渺小。诗中的月亮是亘古不移的长久象征，是世事变迁的永恒见证。诗人激情满怀地感叹人生易逝，江月依然，全面深度地作了诗意的哲学思考。张若虚一生仅留下两首诗，尤以《春江花月夜》有名，"孤篇横绝，竟为大家"。张若虚这首诗歌题目：春、江、花、月、夜，这五种事物以月为核心，"集中勾画出了人生最动人的良辰美景"（《唐诗鉴赏辞典》1983年12月上海辞书出版社）。闻一多先生评价《春江花月夜》是"诗中的诗，顶峰上的顶峰"（闻一多《宫体诗的自赎》），我非常赞同闻先生的说法。《春江花月夜》为张若虚奠定了中国诗歌史上不可动摇的月光绝色地位。又如"明月松间照，清泉石上流"；"海上生明月，天涯共此时"；"月落乌啼霜满天，江枫渔火对愁眠"等等，在唐诗中，写月亮的可以说俯拾皆是。俗人姑且不议，跳出三界外不在五行中的和尚也不例外。和尚贾岛的"鸟宿池边树，僧敲月下门"成为中国诗歌创作炼句炼字"推敲"的著名典故，而被后世诗人学者倍加推崇。中国文学代表性人物，拥有诗界泰山北斗桂冠，被后世称为诗仙的李太白，这位杰出的浪漫主义诗人一生与月亮有缘，他的情感世界里是不能没有月亮的。豪放的李白，面对如水的月色也很深情，也很婉约，一点也没有嚣张之气。可惜他一生写月亮的诗歌并不是他的巅峰佳作，在唐朝月亮诗歌中算不上佼佼者，比起他的名声来还相差盛远。"举杯邀明月，对影成三人。月既不解饮，影徒随我身。"《月下独酌》是他写月亮的高水平诗歌了。另一首《把酒问月》可能还有抄袭张若虚《春江花月夜》部分章节的嫌疑："今人不见古时月，今月曾经照古人。古人今人若流水，共看明月皆如此。"显然，这跟张若虚的如出一辙。张若虚是扬州人，大约生于公元660年，死于公元720年。他与贺知章、贺朝、万齐融、邢巨、包融等俱以文词俊秀驰名京都，其与贺知章、张旭、包融并称为"吴中四士"，可知张若虚当时的影响。而李白生于公元701年，卒于762年，张若虚逝世时他才十九岁，还在四川江油青莲乡，他是二十岁才只身出蜀，游历十年仍一事无成，直到公元742年，经道士吴筠推荐才被召入长安供奉翰林，此时李白的诗歌风采才名满天下，而张若虚却已经去世二十多年了。不管李白的《把酒问月》是否抄袭张若虚的《春江花月夜》，毕竟张若虚在前，李白在后，《把酒问月》也就丧失了新意，因此算不得好诗。而李白收入小学教科书的《静夜思》："床前明月光，疑是地上霜。举头望明月，低头思故乡。"则可谓诗意平平，根本谈不上佳作良构，可谓李白丢脸的诗作，只是偏偏选进了教科书而已。可见诗歌的阅读与鉴赏也是一件困难的事情，不然审读编选教科书的专家就不会因注重诗人的影响而忽略了文本本身，其实是不懂诗歌造成的纰漏。然而诗仙李白之死却很美妙，是酒醉捞月而溺水的后果。李白的死在中国文化背景下就应该是这样的，这个结局合乎我们中国人的情理。李白一生纵情山水，放浪自由；他豪情万丈，侠骨柔肠，为自己挣下了诗仙、酒仙、月仙的美誉。

　　除李白这样的大家之外，统观《全唐诗》，几乎每个著名

穿过河流的月光

的诗人都有描写月色的佳句，风格多样，各有千秋。

不仅是唐诗，宋词更是将月亮的写作推向了高峰。宋词在写月抒情，创造意境上别开生面，不朽之作比比皆是，呈现出多声部多视角的局面。

苏东坡的"人有悲欢离合，月有阴晴圆缺，此事古难全。但愿人长久，千里共婵娟"。道出悲欢离合乃人生不可避免，但须好好珍重自己，千里万里共被月光照耀，心心相印彼此牵挂的无奈与重情。李清照的"红藕香残玉簟秋。轻解罗裳，独上兰舟。云中谁寄锦书来？雁字回时，月满西楼"。思念之苦，相思之切，孤独空守，青春流逝的幽怨。朱淑真的"去年元夜时，花市灯如昼，月上柳梢头，人约黄昏后。今年元夜时，月与灯依旧，不见去年人，泪湿春衫袖"。通过"月上柳梢头，人约黄昏后"的往昔与"月与灯依旧，不见去年人"的今日对比，抒发了对美好往事的无限眷恋。冯延巳的"梦里佳期，只许庭花与月知"，写重重离情，婉约含蓄。张先的"云破月来花弄影"人格化景物，生动逼真。晏几道的"记得小苹初见，两重心字罗衣。琵琶弦上说相思。当时明月在，曾照彩云归。"把幸福的爱情诉诸明月作证。姜夔的"二十四桥仍在，波心荡，冷月无声"，借月光发泄了对金人的南侵，兵荒马乱惨景的感慨。文天祥的"伴人无寐，秦淮应是孤月"，写出了他身陷囹圄，报国无门的激愤。不同的人生际遇，不同的生存形式和社会地位，形成的是不同的人生思考和不同的悲欢离合，月亮成为寄托相思的凭借，成为爱怨情愁的象征。

元散曲中，以月亮为寄托，为象征的依然不逊色于唐诗宋

173

词。曾瑞在《商调'集贤宾'宫词》中，用"唯嫦娥与人无世情，可怜自孤零，透疏窗斜照月偏明"写出了被冷落的妃嫔的苦痛。关汉卿的"爱的是透长门夜月婵娟"；张可久的"紫萧寒月满长空"等等都是千古流传的佳篇名句。

即使到了现代，以月亮借题发挥的著名歌谣不仅众多，而且还在不断发展。如《敖包相会》《十五的月亮》《月光下的凤尾竹》等，影响极其宽广。

纵观中国文化历史，月亮崇拜是华夏民族心理的原始根由。中国文学中有关"月亮"的原型意象，根植于原始的月亮崇拜。从现有的文献资料来看，上古至先秦、两汉，人们都是把月亮作为神灵来崇拜的。《礼记·祭法》："夜月，祭月也。"《史记·天官》："月者，天地之阴，金之神也。"透过这种祭礼，便可发现一种明显的月亮崇拜的民族文化心态，是伴随着中国人的渴望与需求而存在的，也正是这种渴望与需求，使这种月亮的祭礼逐渐转换成为一种特定的文化习俗，在中华民族中保存下来并且世代相传。我们对月亮的情感指向、思想意蕴、审美境界、象征意义及生命内涵的思考和中华民族月亮文化的形成，除了中国先民拜月的文化习俗外，与中国文学的推波助澜也是密不可分的。月圆月缺的现象，嫦娥奔月的传说，月光清冷的色彩，月亮孤悬天宇的寂寞形象，经过世世代代的文化积淀，使之成为相思情感的呼应，爱情纯洁圆满专一的物象，它已经理所当然地成为中国民族的月亮情结，中华文化的月亮情怀和中国民族情感的重要象征。

蔓琳散文诗中出现的众多月亮意象，正是中国传统文化情感对月亮的情感指向、思想意蕴、审美境界、象征意义及生命内涵的思考绵延不绝的现代诗歌表现。然而蔓琳的视觉是独特的，她赋予月光的精神向度已经大大超越了古人，她用现代诗歌的意象，传统诗词的意境，散文化的表现手法，出奇地汇入"情"的参与，让月光渗透于物象中。物中有月，月中有物，或者说将月亮根据诗人的心思进行了诗歌化的改造，使之显得格外生动，却看不出丝毫夸饰。

月光划落，在玉兰绽放的洁白中，如爱人轻轻抚过的手，那是多么美丽洁净的手啊。于是一瞬间，玉兰格外灿烂了。

······

而玉兰，静静的，轻视那些粗枝大叶的衬托，她把所有的爱和思念都献给了那片美得炫目的月光。玉兰记得那些它们彼此相拥的夜晚，记得月光无限的柔情，记得那些跌落于黑夜中静寂无声的相思，那些浅淡而清澈的目光，那些星与星的纠缠，那些冰清玉洁的火焰全都融化在了一起，像冰雪守着阳光，相拥着化为涓涓清泉。

玉兰淡淡的芬芳着，将每一个与月光相聚的夜色收藏。在她的记忆中，月光的手轻轻抚过她晶莹的花瓣，而爱，早已穿透夜色。

——《玉兰与月光》

在蔓琳眼里，玉兰的洁白是因为收藏了月光，而月光与玉兰的意象早已融为一体，月光就是洁白的玉兰，玉兰则是开放的月光。但这还不够，"在她的记忆中，月光的手轻轻抚过她晶莹的花瓣，而爱，早已穿透夜色"。爱才是主角，都是因为爱，月光与玉兰的洁净、洁白才有了意义。诗人的想象是独特的，是出乎意料但又在意料之中。

夜色如潭，月光依然坚守承诺，走过的脚步和未曾来临的幸福都被泉水一一收藏。

——《等待》

穿过风的间隙，雨一样下得稀稀落落。你手中那捧皎洁的月光早在黎明时分渐渐滑落。

想你的时间很长，岁月很短，在你怀里，花一瞬间便消瘦了，而你的鼾声，正不紧不慢地，踩着我梦的节律。

——《倚窗听雨》

当杜鹃花开满山坡，你曾盘石而坐，笛声悠扬，那一捧皎洁的月光是你前世送我的花束。

——《爱有来生》

那弯弯的月牙儿，多么想揽我入怀，多么想沉入我千年的梦境。

我一览无遗地月亮，我沉沉的思念，她温柔的光映照着我的爱，我的回忆。可惜，已找不回我失落花丛的昨天……

——《月亮，时光的镜子》

我以一种放手的方式拥抱，而你，用广博的胸怀，包容与我有关的所有黑暗。

——《开江望月》

而我醒来，月光潮湿，模糊了我的双目。

——《母亲又入梦境》

此刻，我依然携着那轮朗月前来，为你的生日，也为我曾经的承诺赴约。但爱，已经贴上了封条。

——《祝你生日快乐》

在蔓琳笔下，月亮是信守承诺的谦谦君子，是从手中滑落的相思，是情人前世相赠的花束，是想揽我入怀的母爱，是博大包容的胸怀，是潮湿的对慈母无尽的绵绵怀念，是祝贺生日的礼物……月光在蔓琳的心里已经不再是单纯的月光，它具有的是生命本性，是女性化的生命本性艺术，具有了禅的意境。"每个人的心灵与广袤的无意识直接相连相通的话，那他（她）的内心生活就极其幸福。在那泉源中，不仅各类艺术家孕育出他们的灵感，即使是我们常人，也各以其禀赋把自己的生活化作真正的艺术。"（罗勇、刘云春："禅与精神分析"《远游的思想》2005年11月，四川民族出版社）。这样的禅境和作家蕙质兰心的灵动，文化积累的血脉，女性意识的顺从与叛逆紧紧相连。它促使作家将生活拔升为艺术。

唐诗宋词元曲中的月亮，是绰约妩媚的，是惆怅哀怨的，是相思离别的，是喜庆团圆的，是旷达潇洒的，也是凄冷悲凉的。它通过数千年中国历史文化的积淀之后，月亮在蔓琳的心里成为她散文诗中为所欲为的各类意象，特别是女人文化心理深层意识中幻化出来的月亮，其魅力更加灿烂妩媚，更加绚丽夺目。因为花前月下，月缺花残，花好月圆这些文化指向更接近女性特质。

蔓琳作为一个才华横溢的女性散文诗作家，她的中国文化血根是直达中国文化的内核的，她的逆反个性在潜意识中完成了女性意志、女性意识自由的自我独立。在中国数千年"男性霸权话语体系和男权中心的深层意识形态"（《失落的女性世界》，作者牛卫红，引自《当代文坛》2010年第五期）的语境中，女性主体意识一次次被伤害，女性越来越退守"第二性"，成为"不可见的女性"（戴锦华：《不可见的女性：当代中国电影中的女性与女性电影》，《当代电影》1994年第五期）。"中国基本上还是个士大夫习气很浓的男性社会。女性在有意无意之中，仍处在被欣赏被评判的地位。"（曹继祖："'女性诗歌'慢议"《批评与思考》2006年四川文艺出版社）。蔓琳通过选择自身的意义、本质和价值，建构女性话语，以摆脱异化和奴化，从而回归女性本真，创建符合女性利益和女性意志的话语建构。这本身是十分艰难的努力。然而我们欣喜地看见了蔓琳的跋涉并非徒劳，她将所有的散文诗创作投入女性的爱意，而最好的文化符号就是被中国文化浸泡了数千年的月亮。

我们不能忽略蔓琳那些没有使用月亮字符的散文诗作品中的"月光"。月亮对于蔓琳来说是一种情愫，一种心情，一种象征，她的散文诗透射出的万紫千红是洁白的，温馨的，流动的，多情的……归根结底是女性化的皎洁与阴柔，这是月亮的本质，而不是光芒万丈的阳光，这样的月光在蔓琳的散文诗中她给了它们生命。

一个人，到底可以走多远，才会不再回来？一份情感到底可以怎样忘记，才能让记忆迷路？

——《让记忆迷路》

曾经爱过，为某个忧伤的表情，为一份被疼爱的真心，也曾无数次的伤痕累累……

——《爱如烟火》

而我，被回忆撞倒，重重地摔倒在丽江沉沉的夜色里。

——《捡拾记忆》

拾阶前落叶守候春的足音，拣腥风吹落的黄花堆积满地成冢的相思。

在一瞬间就消瘦的宋词中，当年煮青梅的女子已苍老了容颜。

——《声声慢中的李清照》

举不胜举，这些何尝不是落了一地的月光。

蔓琳的散文诗中，虽然无处不见月光，但我更喜欢《茶关》：

茶马古道第一关，在我的眼前变成一个很静的去处。

喧嚣过后，马蹄声远，最近的历史便是这融入繁华的心情。

把一段故事忘记，有时并不容易，更多的记忆如同远古踏响的驼铃，一次一次，将遥远的山峰和近处的溪流汇聚一起。

南来北往的游子，寒江钓雪的浪人，漂泊异乡的学子，请将淋湿的羽翼张开吧，在这被太阳炙烤的长廊上晾晒。

捧一杯茶，几瓣青城绿叶的清香在清明过后的季节浮起。

累了么，请停下匆匆的脚步和漂泊的心，静静地品我为你酿制的香茗，氤氲的茶汤，很单纯，却满含深情。

这是一首很美的散文诗，意境深远，诗意绵长，将茶马古道的历史纵深和茶关的关隘、馆驿意识恰到好处地作了诗意表达，可以说这是一首难得一见的好作品。古有民谣"九脑七坪十八关，一罗一鼓上松潘"，民谣说的是从灌县（今都江堰市）到松州（今松潘县）这条茶马古道的沿途地名、关隘。"茶关"

作为从灌县出发去往松州的第一关，其地位十分重要。我在这条路上来来往往行走了二十多年，对它十分熟稔并很有感情，所以完全能够品读出个中滋味儿。可是，根据蔓琳的生活经历，我很难想象她写"茶关"能写到如是高度和深度，实在是匪夷所思。然而事实就是如此，或许是月神相助吧?! 这首散文诗弥漫着极浓的月光意境、历史纵深和馆驿情绪，穿透力很强。

通过阅读蔓琳的散文诗，不仅使我改变了对散文诗的错误观点，也深知海梦、耿林莽等这批散文诗的先驱与"死党"们锲而不舍，艰苦卓绝的努力奋斗的意义所在，他们是值得中国文学史乃至世界文学史记住的人，是值得我们晚学后辈崇敬与尊重的高士先贤。同时，也给中国文学上层组织和各级各类文学机构提出了迫在眉睫的研究课题：散文诗作为一种独立的文学体裁是否应该得到确立？散文诗的创作与理论研讨是否应该给予像小说、散文、诗歌等文学体裁一样的关注与扶持？

即将问世的蔓琳的散文诗集起名为《穿过河流的月光》，我觉得书名恰如其分。如水的月华，如月的流水，穿过时间的河流，究竟留下了什么？答案只有读者诸君你自己走进月光里去，或许你也能剪一绺月光的流苏，作为自己的配饰，给自己的人生添一点色彩也未可知也。

2011 年 6 月 28 日完稿于成都东郊

主要参考书目：

1.《当代文坛》杂志 2009 年第二期，2010 年第五期；

2. 罗勇、刘云春：《远游的思想》四川民族出版社 2005 年 11 月第一版；

3. 戴锦华：《不可见的女性：当代中国电影中的女性与女性电影》，《当代电影》1994 年第五期；

4. 曹继祖：《批评与思考》四川文艺出版社 2006 年 1 月第二版

牛 放

本名贾志刚，原籍四川仁寿。曾任阿坝州文联主席、阿坝州作协主席、《草地》杂志主编、巴金文学院创作员。

1982 年开始创作，散文、诗歌散见于国内各级报刊，作品入选多种版本。出版诗集《展读高原》《叩问山魂》、《牛放散文选》。现任中国西部散文学会副主席、四川省作家协会主席团委员、《四川文学》杂志副主编。

后　记

散文诗集终于出版了，在整理成册的一瞬间，我不知道该说些什么？

对于文学，我仅仅只是一个爱好者。在外企工作多年，职场的压力和角逐让我厌倦，写些浅淡的文字抒发内心的感受一直是我多年的习惯，但我却从来没有想过会在这么短的时间里写出一本散文诗集来。若是没有恩师海梦老师的鼓励和教诲，我想，依我这样懒散的个性，或许再过几年也未必能够写出这么多诗歌来。

2010年认识海梦老师是诗友寒雁的引荐，进《散文诗世界》杂志社工作也只是偶然的机遇，在杂志社里，我常得到主编宓月的帮助和指导，从她身上我学到了许多知识。

我一直力求做个简单的人。对于文学，对于事业，对于爱或者友谊，我都努力用最简单的方式去面对、去收获。心里怀着感激，对面时却难以表达，在这里，我依然用简单的字句来表达对所有帮助过我的老师的深情谢忱。

我不知道这本散文诗集里的作品能够有多少人喜欢，也不

穿过河流的月光

知道它有多少文学高度，但我是用心书写我的故事，用心回望来路，用心清洁灵魂，可以说是问心无愧。

我珍惜每一缕在我身边擦肩而过的清风，也珍惜每一段与云流动的日子，我珍惜我爱过的人，也珍惜曾经给我伤痛的人。因为他们，世界变得如此精彩，因为他们，我的生命充满激情。

蔓琳　写于 2011 年 9 月